…es et Conseils

DE

Dom MABILLON

de l'ordre de Saint-Benoît
Membre de l'Académie des Inscriptions

ÉDITÉS A L'OCCASION DE

SON DEUXIÈME CENTENAIRE

AVEC UNE DÉDICACE A

Monseigneur A. BAUDRILLART

Recteur de l'Institut Catholique

PAR

A.-J. CORBIERRE

PARIS
LIBRAIRIE H. OUDIN
24, RUE DE CONDÉ

CHEZ L'AUTEUR
RUE CASSETTE, 7
PARIS

DU MÊME AUTEUR :

Histoire scientifique et liturgique des croix et médailles de saint Benoît, dédiée au Rme Père Abbé Primat des Bénédictins (4 vol., 50 fr.).

Inventaire de la Correspondance éditée de et à Dom Mabillon (2 vol.), dédiée à Mgr Gauthey, évêque de Nevers

Prières liturgiques de Dom Mabillon.

Les Missions scientifiques de Mabillon.

Mabillon et l'Angleterre.

Mabillon et la Bretagne.

Inventaire de la Correspondance inédite de et à Dom Mabillon.

Bibliographie de Dom Mabillon.

La médaille de Dom Mabillon (avec une étude iconographique).

Pugna spiritualis a D. Joanne Castaniza, O. S. B.

Panégyrique de Dom Mabillon, prononcé le 24 novembre 1907, à Saint-Pierremont, à l'occasion de son IIe centenaire.

EN PRÉPARATION :

Correspondance inédite de Dom Mabillon.

Vie de Dom Mabillon.

L'iconographie benédictine.

Le Menologium benedictinum.

Dictionnaire de sigillographie.

La sigillographie de la Bretagne.

La numismatique, médaillistique et sigillographie bénédictine, 3 vol.

La Bibliographie bénédictine.

Humble hommage de l'auteur
à M. Léopold Delisle
le plus vrai imitateur de Mabillon

A. J. Corbière

Pensées et Conseils

DE

Dom MABILLON

IMPRIMATUR :

FRANCISCUS, *ép. Marsorum.*

Je soumets de tout mon cœur cet ouvrage au jugement de l'Église et de toutes les personnes sages pour y corriger ce qu'ils jugeront à propos.

Cf. *Réflexions de Mabillon*, etc., p. 353.

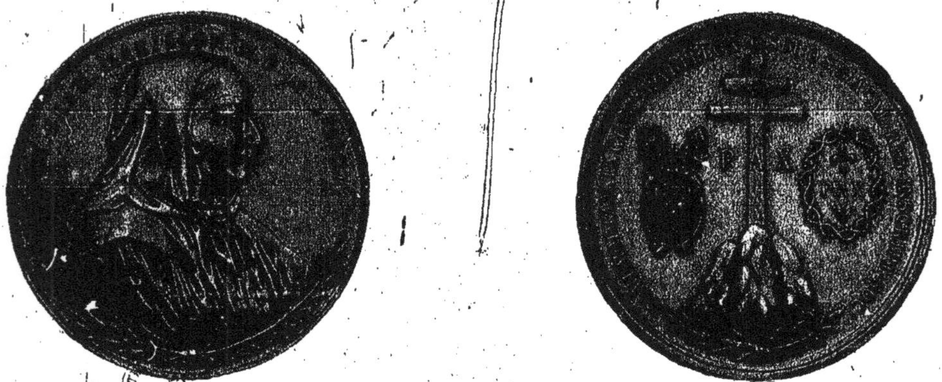

Médaille commémorative du second centenaire de la mort de Dom Jean Mabillon,
frappée par A.-J. Corbierre.

Pensées et Conseils

DE

Dom MABILLON

de l'ordre de Saint-Benoît
Membre de l'Académie des Inscriptions

ÉDITÉS A L'OCCASION DE

SON DEUXIÈME CENTENAIRE

AVEC UNE DÉDICACE A

Monseigneur A. BAUDRILLART
Recteur de l'Institut Catholique

PAR

A.-J. CORBIERRE

PARIS
LIBRAIRIE H. OUDIN
24, RUE DE CONDÉ

CHEZ L'AUTEUR
RUE CASSETTE, 7
PARIS

A

Monseigneur A. BAUDRILLART

Recteur de l'Institut Catholique

L'AUTEUR

dédie ce livre
en témoignage de son profond respect
et de sa vive reconnaissance

PRÉFACE

Ce volume s'imposait à l'occasion du second centenaire de la mort de Dom Mabillon.

Ce moine a fait naître le fameux proverbe : « Savant comme un bénédictin », et l'a magnifiquement vérifié en unissant une science profonde à une sainteté éminente, méritant ainsi d'être regardé comme le modèle des érudits.

A ce titre, n'est-ce pas à lui d'élever la voix et de nous montrer le chemin qui mène à la Vérité et à la Vie ?

On se représente trop facilement Mabillon comme « une personne humble, ensevelie dans le cabinet, méditant, cherchant, consultant, confrontant, lisant, écrivant toute sa vie ». A ce portrait de l' « homme docte » que La Bruyère a tracé si ressemblant, il manque une couleur qui ajoute au charme de cet « homme illustre de l'Eglise de France » et « de la république des lettres ».

Cette couleur, il faut l'extraire de ses vingt-sept in-folio et de ses autres petits ouvrages devenus l'ornement de nos bibliothèques, hélas ! trop souvent couronnés de poussière.

L'œuvre de Mabillon, « cuirassé de latin et de grec », est essentiellement historique. Base de notre histoire de France, ne fournit-elle pas cependant à qui l'examine ascétiquement l'alimentsubstantiel qu'il recherchait ?

Mabillon maître de la vie spirituelle des savants, tel est le beau titre que lui valent ses pensées et ses conseils.

Sans doute il a fait œuvre de critique et d'historien, soit qu'on prenne ses *Opera sancti Bernardi*, son *De Re diplomatica*, ses *Acta sanctorum* ou ses *Annales ordinis sancti Benedicti*; mais la philosophie de l'histoire ne dégage-t-elle pas de ces travaux gigantesques une excellente leçon, où la religion et la patrie apparaissent naissant, croissant à l'ombre de l'arbre bénédictin et dépérissant dès qu'elles ne respirent plus sa « pax » odoriférante.

Pour juger Mabillon, ce n'est pas assez d'aller à lui comme à une magnifique source de l'histoire ecclésiastique : il faut rechercher l'idée maîtresse qui l'anime. Le travail, pour lui, n'est qu'un moyen d'arriver à la pleine connaissance de Dieu et de soi-même.

Partout il nous montre cette préoccupation. Ses études monastiques et ses réflexions sur la réponse de l'abbé de Rancé sont le code dans lequel chaçun peut apprendre à devenir un saint en travaillant.

Au contact des « saints inconnus » de l'ordre de Saint-Benoît, il a acquis cette science des sciences, la sainteté. Où trouver un savant aussi humble, aussi charitable, aussi dévoué à ses trois vœux, que Dom Mabillon, « prêtre et moine bénédictin de la congrégation de Saint-Maur »? Sa vie, écrite par lui-même dans sa correspondance que je vais publier en entier, achèvera de nous le montrer maître dans l'art de gouverner les esprits et les cœurs.

Après avoir vécu longtemps avec cet excellent directeur, il m'a semblé que je devais imiter son esprit apostolique et donner aux autres ce que j'avais reçu, suivant son conseil : « Travaillons pour les autres. » C'était combler une lacune que de le faire connaître comme modèle à une société d'hommes qui oublient souvent en quoi consiste la vraie science, Qui la donne, et où elle conduit.

Ce désir a fait naître ce volume. Il aura l'avantage de remédier à l'impossibilité où se trouvent bien des érudits de tout lire comme il faut, ou de leur éviter de n'en rien lire par suite de l'extrême rareté de ces ouvrages d'où j'ai extrait le trésor que je leur livre aujourd'hui.

L'incendie de Saint-Germain-des-Prés et les bouleversements de la Révolution ont détruit une partie des « pensées et des conseils » ; Mabillon n'en restera pas moins cependant « le plus humble et le plus savant religieux » du siècle de Louis XIV et l'âme de l'*Academia di pieta et di dottrina.* Le grand Roi reconnut son mérite en le nommant membre de l'Académie des inscriptions et le Pape en lui conférant le titre de cardinal qui, par un hasard assez extraordinaire, lui arriva le soir même de sa mort.

Ces pensées, simples et profondes tout à la fois, en nous montrant la physionomie morale d'un vrai fils de Saint-Benoît, feront revivre les traits que tous les arts ont reproduits pour le glorifier.

De la maison natale de Dom Mabillon à Saint-Pierremont, le 23 novembre 1907, jour anniversaire de sa naissance.

A.-J. CORBIERRE.

Pensées et Conseils

DE

Dom MABILLON

I

DES ÉTUDES MONASTIQUES

Toute science qui ne se termine pas à ce grand dessein (de former Jésus-Christ crucifié en nous) est plus nuisible qu'avantageuse. Préf.

Que toutes vos pensées et tous vos desseins dans vos études se terminent à vous bien connaître vous-mêmes pour en devenir plus humbles pour vous cacher aux yeux du monde, et à connaître Dieu de plus en plus pour l'aimer et le servir plus parfaitement.

Il n'est pas même jusqu'à la lecture des auteurs profanes dont vous ne puissiez profiter pour votre avancement si vous les lisez avec des dispositions chrétiennes.

Si vous avez soin de régler votre cœur, les études ne vous seront pas moins utiles qu'à tant de grands hommes (de notre ordre) qui s'en sont servis avec avantage pour leur propre salut et pour la sanctification des autres.

Si les connaissances que vous acquérerez par les études ne produisent pas en vous l'humilité, il vaudrait bien mieux les quitter que de vous en faire un poison mortel qui vous causât de l'enflure et de l'orgueil.

Je sais que, comme il y a très peu de religieux qui soient capables d'une si vaste étude, il y en a très peu aussi que Dieu y appelle.

La charité seule peut faire un bon usage de la science, et il n'y a qu'elle qui puisse guérir cette enflure de cœur qu'une science vaine et stérile a coutume de produire dans ces scavans spéculatifs qui n'ont pour but de leurs sciences que de se distinguer.

C'est à la prudence des supérieurs que les religieux doivent laisser le choix de celle qui sera plus conforme à leur talens et plus avantageuse à l'Eglise ou à l'ordre auquel ils se sont engagez.

Il y a bien souvent plus de curiosité et de vanité dans ces sortes d'entreprises (d'études) que de solide amour de la vérité.

Nos monastères ne sont pas de pures académies de sciences. Epître.

Les études sont nécessaires tant pour pouvoir fournir aux communautés des supérieurs capables que pour donner aux solitaires assez de connaissances pour y suppléer en quelque façon lorsque le secours leur viendra à manquer.

Avant-propos, t. 1, p. 5.

Je ne croy pas qu'on doive faire un grand amas de livres d'hérésie si l'on n'est pas en estat de s'en servir pour la défense de la religion et de l'Eglise.

Avert., t. 1.

Un bon livre peut estre quelquefois défendu pour un mot indiscret, ou même pour un mauvais tour. Mais il semble qu'il n'est pas juste, qu'une légère indiscrétion ou un mauvais tour rende absolument inutile un ouvrage qui serait bon d'ailleurs. Avert., t. 1.

Dieu est auteur de toutes les véritez. Il les a laissées en partage à l'Eglise. Elle a le droit de les revendiquer lorsqu'elles tombent dans les mains d'un dispensateur infidèle. Avert., t. 1.

Il faut que les religieux (moines) fassent leur capital de la pratique des vertus chrétiennes et religieuses, de la vie pénitente, de la fuite et du mépris du monde et d'eux-mêmes. T. 1, p. 12.

Il faut que les moines ne considèrent les sciences, et même la science de l'Ecriture sainte, qu'en tant qu'elles peuvent les rendre plus capables de parvenir à leur fin. T. 1, p. 12.

Il est impossible que, sans le secours des études, les communautés puissent conserver longtemps l'ordre et l'économie que les premiers auteurs de cette profession y avaient établie dès le commencement. T. 1, p. 13.

On ne comprend pas comment un supérieur peut s'acquitter de son ministère sans le secours de la science.

T. 2, p. 14.

Il est nécessaire qu'un curé qui a sous sa conduite une paroisse ait de la science pour s'acquitter de son ministère.

T. I, p. 16.

L'onction du Saint-Esprit en apprend plus en un moment que toutes les méditations et les études les plus sérieuses n'en peuvent acquérir par un long travail.

T. I, p. 20.

Ce serait tenter Dieu que d'abandonner le secours de l'étude pour acquérir l'intelligence de l'Ecriture sainte, sous prétexte que Dieu a accordé cette grâce à quelques saints. T. I, p. 20.

Les principaux devoirs d'un supérieur sont d'enseigner à ses religieux une saine doctrine, conforme à l'Ecriture et aux Pères, de les précautionner contre les erreurs et contre les ruses et pièges du démon, de leur découvrir les illusions des routes écartées, pour les faire entrer dans les droits sentiers de la vertu, d'éclaircir leurs difficultés dans toutes les occasions, et enfin de les reprendre et de les porter au bien par de vives exhortations.

T. 1, p. 24.

Il ne suffit pas qu'un supérieur ait acquis de la science avant de s'engager au gouvernement de ses frères ; mais il doit encore avoir soin de fortifier et d'augmenter ses lumières par l'étude et par la lecture autant que son emploi le peut permettre. T. 1, p. 30/1.

L'ignorance dans un ecclésiastique séculier est insupportable ; elle ne se doit pas souffrir dans les moines honorés du sacerdoce. T. 1, p. 31/1.

On ne peut acquérir les sciences que par l'exercice des études, comme il n'est pas possible dans la voye ordinaire de devenir vertueux sans une longue pratique de la vertu. T. 1, p. 38.

Il est difficile pour ne pas dire impossible dans les voies ordinaires de bien entendre les saintes Ecritures sans le secours d'un maître, et encore moins possible d'en instruire les autres sans en avoir acquis l'intelligence.

T. 1, p. 61.

La solitude, la retraite, le silence, le détachement des choses du monde et de soy même, le désir de s'attacher uniquement à Dieu, concourent avec les vœux essentiels à établir ce bel ordre que l'on voit dans les communautés bien réglées.

T. 1, p. 64.

Dieu veut que nous contribuions de nous-mêmes à nourrir et entretenir ces bons sentiments (qu'il répand dans nos âmes), par la retraite et la solitude, par le silence, par les bonnes lectures et par la prière.

T. 1, p. 65.

Il n'y a que l'étude jointe à la piété qui puisse soutenir les esprits plus relevés.

T. 1, p. 66.

Travailler sans piété, c'est peu de chose, et la piété ne peut s'entretenir sans le secours des bonnes lectures.

T. 1, p. 66.

Des livres spirituels simples peuvent suffire à des esprits simples et médiocres, mais ceux qui ont plus d'étendue ont besoin d'une lecture plus forte et plus relevée. T. 1, p. 66.

Il est nécessaire avant que les religieux soient appliqués à l'étude que l'on ait eu grand soin de les former dans la pratique de la vertu, et il faut retirer ceux qui n'en font pas un bon usage.
T. 1, p. 104.

Il arrive assez rarement qu'une personne qui a beaucoup de lumière tombe dans ces excès de vanité auxquels sont sujets quelquefois ceux mêmes qui n'ont que de très médiocres connaissances.
T. 1, p. 105.

Une étude religieuse doit avoir pour but la science de l'Ecriture sainte, le bon usage du temps et les lectures que les moines sont obligés de faire, la connaissance et la pratique de la vertu, le règlement du cœur, l'éloignement du monde, l'amour de la retraite, de la solitude et du silence. T. 1, p. 108.

Le travail des mains est trop avantageux et trop convenable (à la vie monastique) pour l'abandonner entièrement. T. 1, p. 113.

Le travail est comme une ancre immobile qui arreste l'agitation de nostre cœur et de nos pensées. T. 1, p. 122.

C'est ruiner l'esprit de la pénitence que d'oster le travail qui est comme le fondement qui la soutient et comme le pain qui la nourrit. T. 1, p. 122.

Le principal moyen pour rendre utile le travail, c'est qu'il soit accompagné de la prière et de l'application du cœur à Dieu. T. 1, p. 129.

Tout sera bon si on travaille à quelque chose d'utile et d'honneste en silence dans un esprit de charité et de pénitence. T. 1, p. 132.

Il est surtout nécessaire aux jeunes religieux de s'appliquer à l'intelligence des psaumes qu'ils ont presque à tous moments dans la bouche, aux offices divins. T. 1, p. 213.

Quoique la connaissance des langues ne soit pas absolument nécessaire, elle peut néanmoins être fort utile pour entendre le sens littéral de l'Ecriture, qui est le fondement de la véritable piété.

T. 1, p. 221.

On ne doit chercher dans la lecture de l'Écriture sainte que la vérité et la justice par la pratique de la charité et des autres vertus. T. 1, p. 224.

Pour faire la lecture de l'Écriture sainte, il faut avoir le cœur pur, il le faut faire avec humilité et simplicité, sans curiosité et sans empressement. T. 1, p. 225.

Quoiqu'il soit nécessaire de connaître la vérité pour être sauvé, ce n'est pourtant pas cette connaissance qui nous sauve.

T. 1, p. 226.

La lueur et l'éclat de la vertu nous plaît, mais ce n'est que pour l'entendre et non pour la suivre. T. 1, p. 226.

C'est par le moyen de la prière et de la charité que la vertu entre dans le cœur, comme c'est par le moyen de la pureté qu'elle y demeure et qu'elle s'y fait reconnaître. T. 1, p. 229.

Nous n'aimons bien souvent que ce qui nous plaît et non ce qui nous guérit. T. 1, p. 226.

On a toujours quelque chose à craindre dans la science parce qu'elle enfle; on a toujours quelque chose à craindre dans la lettre parce qu'elle tue.
T. 1, p. 226.

L'Ecriture n'est pas si facile que quelques-uns se l'imaginent, et quelque grand esprit que l'on ait ou l'on croit avoir, on demeure court bien souvent dans l'intelligence des livres divins.
T. 1, p. 230.

Une lumière du ciel est nécessaire pour certains livres de l'Ecriture qui sont en apparence les plus faciles dont nos passions nous empêchent bien souvent de pénétrer le sens.

T. 1, p. 230.

Dans la lecture il faut éviter deux défauts fort ordinaires, scavoir la curiosité et l'empressement : l'un est l'effet de l'autre, et on est empressé pour lire d'autant qu'on est curieux. Le désir d'apprendre des choses nouvelles nous emporte, et ce n'est pas tant la vérité que sa nouveauté qui nous la fait aimer. C'est ce désir de nouveauté qui nous rend la vérité presque inutile. T. 1, p. 233.

Pour bien réussir dans cette vaste et importante étude (de la patristique), il faudrait autant de méthodes qu'il y a de différents genres. T. 1, p. 271.

La raison de l'homme est inquiète ; elle ne peut souffrir ni de loix ni de bornes qu'avec peine. La foy doit leur servir de bornes dans la théologie. Il faut que la raison soit conduite par la foy. T. 1, p. 295.

On a défiguré la théologie par des questions chimériques ; on a même presque abandonné des raisonnements théologiques pour en substituer qui sont pitoyables, puériles et indignes de notre sainte religion. T. 1, p. 297.

On s'est écarté de la tradition en voulant trop philosopher. T. 1, p. 297.

Il faut que les théologiens retranchent tant de raisonnements qui servent plutôt à dégoûter les esprits des choses saintes qu'à les leur persuader et à les défendre. T. 1, p. 301.

Il est nécessaire à un théologien d'avoir une juste idée de la *Somme* de saint Thomas d'Aquin et d'en examiner les principales questions (surtout touchant la morale). T. 1, p. 302.

Il faut fuir les contestations et cet excès de chaleur que l'on fait paraître souvent dans les disputes jusqu'à se charger quelquefois d'injures les uns les autres. T. 1, p. 306.

Ecarter les chicanes dans les questions même nécessaires dont la difficulté ne consiste bien souvent que dans des termes équivoques. C'est ce qui fait que l'on dispute longtemps des mots et que l'on n'apprend jamais les sciences.

T. 1, p. 307.

En matière de théologie, toute nouveauté doit être suspecte, et on doit s'arrêter à ce qui a été cru par l'antiquité et qui a passé d'elle à nous par la tradition de l'Eglise. T. 1, p. 308.

Tout chrétien est obligé de s'intéresser dans la défense de la cause commune de l'Eglise. T. 1, p. 309.

Il serait à souhaiter que l'Eglise fît à présent les règles que les confesseurs doivent user dans le tribunal de la pénitence. T. 1, p. 3.8.

Il ne reste qu'à demander à Dieu de pieux zèles et prudents ministres à son Eglise qui puissent conduire les consciences par des maximes saintes et solides qui ne soient ni relâchées ni outrées.
T. 1, p. 318.

Sans l'étude de l'histoire on ne peut avoir une parfaite intelligence des Pères ni de la théologie, et c'est par là qu'on apprend non seulement la morale par les exemples, mais aussi les dogmes de notre religion. T. 1, p. 319.

C'est par le moyen de l'histoire qu'on apprend à former la prudence par la considération des événements passés et qu'on voit les merveilleux effets de la divine Providence dans le gouvernement de l'univers et dans la conduite de l'Eglise.
T. 1, p. 320.

Scavoir, c'est connaître les choses par leurs causes et leurs principes.

T. 1, p. 330.

Etudier l'histoire, c'est apprendre à se connaître soy-même dans les autres, c'est trouver dans les saints et dans les personnes vertueuses de quoy s'édifier, et dans les méchants et les vitieux ce que l'on doit éviter et comme il faut se comporter dans les événements avantageux et désavantageux. T. 1, p. 331.

On ne peut dire sans douleur que des profanes ont été plus exacts à écrire la vie des payens que plusieurs chrétiens ne le sont à écrire les vies de nos saints.

T. 1, p. 336.

Il vaut mieux scavoir douter légèrement que de s'inscrire en faux trop légèrement. T. 1, p. 336.

Pour ne pas tomber dans la surprise après avoir tâché de se dépouiller de toutes sortes de préjugés de la naissance,

de l'éducation, des sens, des passions et des communes opinions des hommes, il faut faire en sorte qu'on n'assure rien dont on n'ait une idée claire et distincte.
T. 1, p. 345.

On prend plaisir à la recherche des grandes choses et de celles qui sont cachées, et on se croit bien payé de sa peine et de son travail lorsqu'on trouve au moins la vraysemblance si on n'a pas le bonheur de parvenir à la vérité même.
T. 1, p. 348.

Il faut bien prendre garde de ne point faire de la Logique un art de chicaner et de disputer de tout à tort et à travers, et de la réduire à une guerre continuelle des disputes inutiles. T. 1, p. 351.

Il vaudrait mieux former et accoutumer l'esprit à se laisser vaincre et à se rendre à la vertu que de lui apprendre à chicaner. T. 1, p. 352.

Les moyens les plus propres pour entretenir la paix dans la vie commune sont de corriger les soupçons et les jugements téméraires qui y sont contraires.

T. 1, p. 354.

Avoir soin de sa santé, c'est une sage précaution que chacun doit avoir pour maintenir son corps dans un certain état qui lui est nécessaire pour bien agir.

T. 1, p. 357.

La propreté contribue à la santé du corps ; elle est nécessaire dans la vie sociale pour n'estre pas à charge aux autres. T. 1, p. 358.

Un maître sage et prudent scait mieux proportionner ses écrits à la portée de ses écoliers que ne peut faire un livre imprimé. T. 1, p. 364.

Pour ce qui est des écrits, il est vray qu'on les pourrait beaucoup abréger afin de ne pas fatiguer inutilement des écoliers à écrire de longs traités.

T. 1, p. 365.

Ce n'est pas scavoir les choses que de scavoir l'opinion d'un auteur sans laisser aux gens la liberté de penser ou du moins d'écrire autrement. T. 1, p. 376.

Un véritable philosophe ne s'arrête ni à l'autorité des auteurs ni à ses préjugés. Il remonte toujours jusqu'à ce qu'il ait trouvé un principe de lumière naturelle et une vérité si claire qu'il ne puisse la révoquer en doute. T. 1, p. 378.

L'étude des belles-lettres polit l'esprit, fortifie et perfectionne la raison, forme le bon goût et le jugement. Elle est nécessaire pour entendre les Pères et fournit la manière de soutenir les vérités de la religion contre ses adversaires.

T. 2, p. 3.

Il faut mépriser cette fausse condition dont plusieurs se flattent et se persuader qu'il est de la prudence et de la sagesse d'ignorer bien des choses pour ne pas négliger celles qui sont bonnes et nécessaires. T. 2, p. 12.

Il faut prendre garde que la vanité de scavoir ce que les autres ignorent ne nous emporte trop loin. Voyons quelle est l'utilité de cette étude et quel usage nous en voulons faire. T. 2, p. 14.

Apprenons au moins des payens mêmes à estre plus religieux et à retenir les termes que la religion a consacrés.
T. 2, p. 17.

C'est être pauvre (d'esprit) que de ne vouloir pas perdre un bon mot mal placé.
T. 2, p. 19.

Il faut s'étudier à une juste briéveté qui n'estropie pas les matières et qui ne les rende pas obscures. T. 2, p. 19.

Les esprits bornés veulent tout dire.
T. 2, p. 19.

Lorsque l'on chante il ne faut pas prendre la liberté de changer les points interrogans sous prétexte qu'ils sont trop fréquens, ni les autres ponctuations qui sont dans les livres imprimés.

T. 2, p. 21.

Il y a quelquefois des fautes (dans les livres de chant), mais ceux qui n'ont aucune habileté pour les corriger sont encore moins supportables.

T. 2, p. 21.

Les prestres doivent prendre garde surtout de bien prononcer lorsqu'ils célèbrent l'auguste sacrifice de la messe.

T. 2, p. 21.

J'ay bien de la peine à me persuader qu'un prestre ait dans le cœur le respect qui est dû à Dieu lorsqu'il lui parle (à la messe et à l'office) d'une manière qui ne serait pas supportable en parlant à un honnête homme. T. 2, p. 22.

Mal dire la messe ce n'est pas là honorer Dieu, mais c'est déshonorer son ministère et scandaliser les assistans au lieu de les édifier. T. 2, p. 22.

On ne doit pas se négliger en écrivant les choses les plus communes, une lettre, un billet, un mémoire. T. 2, p. 24.

L'esprit et la main se forment à bien écrire par ces petits exercices qui sont tous les jours en usage. T. 2, p. 24.

Au reste il ne faut pas que ceux qui s'appliquent à ce travail (à la diplomatiquet et par conséquence à la sigillographie) s'imaginent que ce soit un temps perdu ou que cette application soit de peu d'utilité. T. 2, p. 29.

La diplomatique est très avantageuse à l'Eglise, et ceux qui veulent bien en prendre la peine en retireront d'autant plus de fruit et de mérite devant Dieu que ce travail ne paraît pas d'une manière sensible aux yeux des hommes.
T. 2, p. 30.

Il ne faut pas que, sous prétexte d'étude, un supérieur se dispense de procurer le salut de ceux qui sont sous sa conduite.
T. 2, p. 30-2.

La science des médailles qui est aujourd'huy tant en vogue a ses utilités pour la chronologie et pour illustrer plusieurs faits qui sont d'ordinaire gravez sur les revers des médailles.

T. 2, p. 32.

La science des médailles est une étude fort utile. T. 2, p. 33.

Rien n'est aujourd'huy plus à la mode que la critique. Tout le monde s'en mêle, et il n'y a pas jusqu'aux femmes qui n'en fassent profession. T. 2, p. 33.

On décide hardiment suivant son caprice et sa fantaisie sans examiner les matières. T. 2, p. 34.

Souvent on abuse de la critique; on se donne des airs de libertés qui ne sont guère moins préjudiciables à l'esprit que l'erreur ou l'ignorance. T. 2, p. 34.

On prononce sur un point de religion avec plus d'assurance que ne ferait un concile. C'est là peut-être une des maladies de notre siècle. Les siècles précédents ont péché par un excès de simplicité et de crédulité, mais dans celuy-ci les prétendus esprits forts ne reçoivent rien qui n'ait passé par le tribunal.

T. 2, p. 34.

Il y a une bonne et une mauvaise critique, l'une est une lumière bienfaisante pour l'auteur et les lecteurs, l'autre un poison dangereux qui corrompt la raison et le jugement de l'attaqué et répand sa malignité sur les autres et leurs ouvrages.

T. 2, p. 34.

Afin de réussir dans la critique, il est nécessaire d'avoir beaucoup de jugement, beaucoup de justesse et de netteté d'esprit, avec un esprit d'ordre et de méthode pour mettre chaque chose en sa place et en son jour en sorte qu'elles s'entr'aident à s'*éclaircir*.

T. 2, p. 35.

C'est à l'Eglise qu'il appartient de prononcer et de décider, et à nous à l'écouter et non pas à nous ériger en censeurs sur ses décisions. T. 2, p. 38.

Si on porte la main pour tâcher de tirer le rideau sacré de la foy, ce doit être avec un extrême respect, de peur d'être accablé comme téméraire du poids de la majesté et de la gloire du Dieu vivant.

T. 2, p. 38.

Les voiles sacrés de la foy nous doivent être en singulière vénération. Il ne s'en faut approcher qu'avec tremblement.

T. 2, p. 38.

On doit toujours se souvenir que la religion chrétienne n'est pas un art ou une science humaine où il soit permis à chacun de chercher, d'inventer, de retrancher et d'ajouter. T. 2, p. 38.

S'il y a occasion de garder une très grande modération, c'est principalement dans le choix de la foy.

T. 2, p. 38.

Enfin il n'y a point de chemin plus court pour perdre la foy que de vouloir trop critiquer la foy même.

T. 2, p. 39.

Critiquer est une maladie assez commune à des jeunes gens qui font les suffisans, qui ne peuvent souffrir la moindre apparence de faute dans les gens sans perdre le respect qui leur est dû.

T. 2, p. 40.

Il ne faut pas critiquer seulement pour critiquer, ce qui est une bassesse d'esprit et l'effet d'une mauvaise humeur. Mais il faut critiquer pour avancer les sciences et pour en aplanir les voyes.

T. 2, p. 40.

Il ne faut pas non plus se rendre trop difficile ni trop pointilleux, de crainte de tout gâter en voulant tout réformer.

T. 2, p. 40.

Il n'y a rien de si aisé que de se tromper par une trop grande confiance que

l'on a d'avoir tout lu et tout observé.
T. 2, p. 44.

Un même auteur estant vieux est différent de luy-même lorsqu'il était jeune. T. 2, p. 48.

Rien n'est plus à craindre dans la critique que la surprise de nos passions qui nous font bien souvent nier ou révoquer en doute ce qui est en soy très certain. T. 2, p. 49.

Il est bon d'avoir un cayer dans lequel on écrive même les réflexions et les pensées différentes qui viennent dans l'esprit. T. 2, p. 54.

Il faut se défier de ces faux brillants et voir s'il y a autant de solidité que d'apparence dans les pensées des auteurs.
T. 2, p. 58.

(Dans les pensées à recueillir) il faut surtout s'arrêter à certains tours d'esprit fins et ingénieux qui expriment d'une manière élevée des choses qui sont d'ailleurs les plus communes.

T. 2, p. 60.

Il faut surtout s'accoutumer à retenir non seulement les beaux mots et les belles sentences des auteurs, mais la substance et le fond de leur doctrine afin de se l'approprier et de le tourner en sa propre substance. T. 2, p. 64.

La fin naturelle de la science, et par conséquent des études, est après s'être rempli soy-même de travailler pour les autres. T. 2, p. 64.

Une science cachée et un trésor inconnu sont également inutiles. (Ecl., 20-32.) T. 2, p. 64.

Les religieux ne doivent rien donner au public qui ne puisse être utile à l'Eglise ou à l'Etat ou du moins à leurs confrères, ou à la perfection des beaux-arts. T. 2, p. 66.

J'aime mieux qu'on se repose que de faire des vers à moins qu'on y excelle.
T. 2, p. 67.

Il faut se persuader que les pointes ne sont bonnes que lorsqu'elles sont rares et naturelles. T. 2, p. 62.

C'est une perte de temps que de vouloir tout lire et tout savoir.
T. 2, p. 68.

La meilleure œuvre qu'on puisse faire c'est de s'acquitter des obligations de son état. T. 2, p. 67.

(Les religieux) ceux qui par leur choix et leur propre détermination travaillent à des ouvrages qui ne sont pas nécessaires le doivent faire sans préjudice des exercices de leur profession.
T. 2, p. 68.

Ceux qui par l'ordre des supérieurs sont employés à des ouvrages importants et de longue haleine ne se doivent dispenser que le moins qu'ils pourront des exercices réguliers. T. 2, p. 68.

Il servira de peu (aux religieux) au jugement de Dieu d'avoir fait de bons livres, s'ils n'ont été bons religieux.
T. 2, p. 69.

Apprendre et étudier seulement pour composer aussitôt, c'est abuser de la facilité du public. T. 2, p. 71.

Je ne voudrais pas que personne entreprît un dessein sans avoir beaucoup d'acquis soit pour les choses en général, soit pour le stile, mais surtout pour la matière particulière qui regarde son dessein. T. 2, p. 71.

Dans la composition il faut souvent regarder le titre de son livre et voir si on ne s'écarte pas en traitant tout autre chose que ce titre ne porte.
T. 2, p. 73.

Il faut quelquefois donner quelque chose à la complaisance pour ne pas chagriner et choquer les personnes avec qui l'on a à vivre. On trouve toujours assez d'occasions et de moyens de se dédommager quand on le fait par vertu et non point par une molle complaisance. T. 2, p. 95.

Il faut une honnête liberté pour entretenir utilement des conférences, mais il en faut retrancher la dissipation.
T. 2, p. 96.

Il ne faut pas s'imaginer qu'il soit permis de confier le ministère de la prédication à certains religieux inquiets qui ont d'ailleurs de l'esprit, de la hardiesse et une facilité de parler dans la vue seule de les occuper, c'est-à-dire de les amuser. T. 2, p. 100.

Il faudrait que les bénédictins missionnaires eussent beaucoup de piété, d'humilité, de zèle, de lumière et de talent pour parler en public.
T. 2, p. 100.

Il faudrait que les bénédictins missionnaires eussent donné des marques certaines de leur constance et de leur fermeté dans le bien par une vie réglée et uniforme de plusieurs années.

T. 2, p. 100.

Lorsqu'on voit sortir un homme de la solitude et pour ainsi dire du désert pour paraître et parler en public, on s'attend d'entendre de luy quelque chose d'extraordinaire. T. 2, p. 100.

Il est nécessaire de prendre du temps et du loisir pour se remplir soy-même avant que de se répandre au dehors, d'avoir dans son cœur une source intarissable d'onction et de piété par le moyen de l'oraison, afin de n'estre pas en danger de tomber bientôt dans la sécheresse et l'aridité. T. 2, p. 101.

La parole de Dieu, qui est la chose du monde la plus sérieuse et la plus précieuse, ne doit pas être employée pour servir d'amusement à personne, ou si l'on veut d'une simple occupation qui n'aboutisse à rien. C'est la profaner.

T. 2, p. 101.

On ne doit pas exposer à la prédication des jeunes gens qui, n'ayant pas assez de maturité ni de solidité, sont en danger d'estre inutiles aux autres et de se perdre eux-mêmes. T. 2, p. 101.

C'est une tentation assez ordinaire aux jeunes religieux qui, se sentant pénétrés des attraits d'une conversion nouvelle, croyent ne pouvoir satisfaire autrement à leur zèle et à leur ferveur que par la prédication, qui leur donne, à leur avis, le moyen de convertir les autres. T. 2, p. 101.

Un prédicateur ne doit inspirer par ses discours et ses exemples que des sentiments d'humilité et de modestie.

T. 2, p. 103.

Si un religieux est humble, il sera éloigné de cette pensée de prêcher ; s'il ne l'est pas, il est indigne de monter en chaire. T. 2, p. 103.

Nous avons besoin de grâces extraordinaires pour réussir dans ce saint ministère ; c'est tenter Dieu de croire que toutes celles qui nous sont nécessaires pour cette sainte fonction ne nous manqueront pas de quelque manière que nous y soyons engagés.

T. 2, p. 103.

Il faut qu'un prédicateur lise avec attention les livres que saint Augustin a composés de la doctrine chrétienne.

T. 2, p. 104.

Il serait à souhaiter que les prédicateurs en composant leurs sermons eussent soin de consulter pour le moins autant leur cœur que leur esprit. Car comment toucher les autres si on ne l'est pas véritablement ?

T. 2, p. 104.

Il faut donc s'abaisser sans se ravaler comme le Verbe divin s'est humilié pour nous sans rien perdre de sa dignité. T. 2, p. 105.

Je voudrais que l'on eût autant de zèle à instruire les pauvres gens de la campagne que l'on a d'ordinaire d'inclination à prêcher dans la ville.

T. 2, p. 106.

Un bon catéchisme ou une simple exposition de l'Evangile fera bien plus souvent plus de fruits que des sermons scavans et composés avec grand soin.

T. 2, p. 106.

Il faut plus d'habileté que plusieurs ne croyent pour faire un bon catéchisme, et quand on le scait bien faire on en tire de grands avantages. T. 2, p. 106.

La plupart des désordres viennent du défaut d'instruction ; il est presque impossible, quand on a bien compris la religion chrétienne et la morale de l'Evangile, que l'on tombe dans ces excès qui sont des suites de l'ignorance.

T. 2, p. 106.

Les religieux doivent avoir honte s'ils ne font pas en sorte que leurs sujets et leurs domestiques soient autant à proportion distingués par leur vie du commun des chrétiens que les religieux sont obligés de l'estre par leur profession.

T. 2, p. 108.

Il faut obliger les frères à apprendre à lire même malgré eux, afin qu'ils puissent s'appliquer à la lecture du Nouveau Testament et du Psautier. T. 2, p. 109.

C'est une chose déplorable de voir ces sortes de religieux qui n'ont pas d'ordinaire beaucoup d'éducation, abandonnés à eux-mêmes et exposés à tous les mouvemens auxquels est sujette une vie purement extérieure, qui n'est pas soutenue par la lecture et le recueillement.

T. 2, p. 109.

Il est vray qu'il faut lire les livres pour les bonnes choses et non pour le style, mais les bonnes choses deviennent quelquefois insipides et même insupportables faute d'assaisonnement.

T. 2, p. 111.

On ne scaurait trop inculquer l'honnêteté, pourvu que l'on ait soin de n'en pas faire une pure cérémonie ou pour mieux dire une hypocrisie.

T. 2, p. 115.

Les conférences bien faites pourraient être d'une grande utilité tant pour ceux qui les feraient que pour l'Eglise et la religion. T. 2, p. 150.

La doctrine n'est pas moins nécessaire à un supérieur que l'exemple et la bonne vie. T. 2, p. 151.

Il vaudrait mieux avoir un supérieur éclairé avec une vertu médiocre qu'un plus vertueux sans lumières.

T. 2, p. 151.

Un supérieur doit éviter comme un poison mortel tout air de domination.
T. 2, p. 152.

Il doit chercher à se faire aimer pour se rendre plus utile. T. 2, p. 153.

Il n'y a rien de plus beau que ce que saint Benoît a écrit de l'abbé dans les chapitres 2 et 64. Ces endroits sont admirables et ils ont bien plus besoin de réflexions que de commentaires.
T. 2, p. 155.

Les pasteurs doivent rentrer en eux-mêmes, de crainte de perdre par la superbe tout le fruit de leurs travaux.
T. 2, p. 157.

Rien ne contribuerait davantage à maintenir la religion au dedans et à en répandre le bonne odeur au dehors que les bons supérieurs. T. 2, p. 164.

Il n'y a rien de plus beau que d'exceller dans quelque science. T. 2, p. 166.

La fin principale que tous les chrétiens doivent avoir en vue dans leurs études, c'est la connaissance de la vérité, et la charité ou l'amour de la justice, en un mot c'est le règlement de l'esprit et du cœur. T. 2, p. 166.

Amasser beaucoup de connaissance, entasser sciences sur sciences, cela ne suffit pas pour dire que l'on étudie ; il faut avoir une fin ; il faut scavoir pourquoy on le fait ou plutôt pourquoy on le doit faire. T. 2, p. 166.

Par une corruption qui n'est pas trop ordinaire, on aime quelquefois même les ténèbres de son esprit, surtout lorsqu'elles favorisent le déréglement du cœur. T. 2, p. 167.

Il serait fort inutile d'avoir quantité de connaissances si elles ne nous rendaient meilleurs. T. 2, p. 167.

Estre fort savant sur les questions que l'on forme sur la lettre n'est pas scavoir l'Écriture. T. 2, p. 167.

On ne scaurait être trop en garde contre les mauvais effets d'une science stérile et dépourvue de charité.

T. 2, p. 168.

Il faut surtout se défaire des préjugés et des petitesses de l'esprit humain lorsqu'il s'agit des choses de Dieu.

T. 2, p. 171.

Quoique toutes les sciences ayent pour objet la découverte de la vérité, ce serait pécher contre les règles de nos devoirs que de nous y appliquer avec une ardeur qui nous détournât des obligations de notre état. T. 2, p. 172.

Le temps est si court et il en reste si peu après que l'on s'est acquitté de ses devoirs, qu'il est bien difficile que l'on se puisse résoudre à prodiguer ce peu qui nous reste à des sciences inutiles.

T. 2, p. 173.

Une seule vérité que Dieu nous fait goûter et aimer intérieurement est infiniment plus capable de nous nourrir et de nous fortifier que toutes les vérités imparfaitement connues qui ne servent qu'à nous remplir la mémoire et à nous enfler le cœur. T. 2, p. 175.

Il vaut bien mieux scavoir peu et avoir le cœur bien réglé que de scavoir une infinité de choses et se négliger soymême. T. 2, p. 175.

On se flatte de ce que par le moyen de l'étude on évite les désordres sensibles, et on conte pour rien la sécheresse et la pauvreté de son cœur. T. 2, p. 175.

Il faut faire passer les vérités de l'esprit dans le cœur où est leur lieu naturel par le moyen d'une sérieuse réflexion.
T. 2, p. 176.

Ceux qui savent profiter du loisir acquièrent pendant ces intervalles des connaissances pour se remplir et se rendre plus capables de l'action, et portent en même temps le plaisir innocent du repos.
T. 2, p. 176.

On ne doit nommer études que l'application aux connaissances qui nous sont utiles dans la vie. T. 2, p. 176.

Ce n'est pas dans la multitude des vérités mais dans l'amour et le goût de la vérité toute simple que consiste notre salut et notre sainteté. T. 2, p. 177.

C'est le défaut de réflexion qui est cause que les études, quelque saintes qu'elles puissent être, nuisent bien souvent plus qu'elles ne profitent, et c'est ce défaut qui cause cette inquiétude et cet empressement (à tout scavoir).

T. 2, p. 177.

Il faut que la foy vienne au secours du sentiment et que la volonté éclairée par ce divin flambeau supplée au défaut de l'attrait sensible en appliquant l'esprit à la conduction de la vérité quoyqu'avec peine et avec quelque ennuy.

T. 2, p. 178.

Une seule parole de vie est capable de nous donner la vie si nous la faisons passer de l'esprit dans le cœur d'où elle puisse se répandre ensuite dans toutes les puissances de notre âme et dans toutes les parties de notre corps pour en sanctifier toutes les actions.

T. 2, p. 178.

L'ordre demande que nous préférions toujours les connaissances qui nous sont nécessaires pour notre salut à toute autre, c'est-à-dire la connaissance de Dieu et de nous-mêmes. T. 2, p. 179.

Le désir et l'ardeur doit se porter à ce qui nous dispose davantage à la charité.

T. 2, p. 179.

La fin consiste à ne se proposer pour but que sa propre édification et celle du prochain, et non pas la vaine gloire, la curiosité ou l'intérêt. T. 2, p. 179.

Quand on n'étudie que pour une bonne fin, en un mot quand on ne cherche que

Dieu dans ses études, on se contente aisément de la mesure de science qu'il leur plaît de nous donner. T. 2, p. 180.

On prie avant la lecture afin d'en faire un bon usage, on prie en lisant parce que la prière est l'âme de la lecture.
T. 2, p. 181.

L'étude et la lecture doivent préparer l'esprit et le cœur à la prière et non pas luy servir d'empêchement. Elles doivent luy fournir des matières d'entretien pour la continuer et non pas un prétexte pour l'abréger. T. 2, p. 181.

Cette grande variété de lectures que l'on fait sans choix et par caprice n'édifie nullement celui qui les fait, mais plustôt rend son esprit volage et inconstant.
T. 2, p. 183.

Il faut que les gens d'études de profession regardent l'étude non comme une action indifférente, mais comme une action importante dans leur vie et qui, estant bien ou mal faite, peut beaucoup contribuer à leur perte ou à leur salut.

T. 2, p. 184.

La pénitence doit être composée d'actions pénibles : et afin que l'étude tienne lieu de pénitence il faut qu'elle soit pénible et laborieuse.

T. 2, p. 184.

Il faut étudier dans cet esprit de pénitence et ne pas croire qu'il soit permis de s'appliquer indifféremment à toutes sortes d'études ou seulement à celles qui nous sont agréables. T. 2, p. 184.

La vie d'étude est la plus pénible de toutes les vies si on veut s'en acquitter comme il faut, c'est-à-dire fidèlement, exactemeut et persévéramment.

T. 2, p. 184.

Une fin de l'étude est de remplir nostre esprit de saintes pensées et notre cœur de pieuses affections. T. 2, p. 185.

Cette précaution du discernement dans les lectures doit s'étendre aussi sur les bons livres, de peur que nous en gâtions la lecture par nos mauvaises dispositions, par la vanité et la curiosité.

T. 2, p. 186.

Il faut s'interdire toutes les lectures inutiles qui ne peuvent estre rapportées à Dieu, c'est-à-dire à la vertu et aux soins de notre état. T. 2, p. 187.

Quelque étude que l'on fasse on doit toujours faire son capital de la morale chrétienne. On peut quitter absolument les autres études, mais celle-cy ne se doit jamais quitter et elle doit durer autant que la vie. T. 2, p. 187.

Il me paraît dangereux que des jeunes religieux ayent ces sortes de vues (d'utilité publique) avant que de s'estre remplis eux mêmes des vérités qu'ils doivent enseigner aux autres. T. 2, p. 189.

On dira peut-être qu'en travaillant pour les autres on se remplit soy-même. Mais si on n'y prend garde de près, on verra que ce que l'on étudie dans le dessein de prêcher ou de composer n'entre pas d'ordinaire beaucoup dans le cœur de ceux qui y travaillent. T. 2, p. 191.

Tout occupé des autres on s'oublie soy-même et le cœur demeure tout sec et tout vuide des vérités que l'on recherche (dans les lectures) pour les inspirer aux autres (dans la prédication).

T. 2, p. 191.

Ceux qui s'engagent dans le ministère de la prédication et dans les embarras de la composition sont exposés à de si grandes et de si fâcheuses tentations que l'on ne saurait trop se précautionner avant que de s'y embarquer, surtout lorsqu'on n'y est pas obligé par son état.

T. 2, p. 193.

Si l'on était bien pénétré du désir de son salut on se contenterait de procurer celuy des autres par des prières et par de bons exemples qui sont souvent plus efficaces auprès de Dieu pour avancer le salut du prochain que les livres et les prédications. T. 2, p. 193.

Il n'arrive que trop souvent que l'on couvre du manteau et du prétexte de charité le désir de paraître et de se distinguer des autres. T. 2, p. 195.

C'est (ce désir de paraître) qui fait que l'on voit si peu d'auteurs et de prédicateurs qui joignent à leur étude et à leur travail autant de piété et de vertu qu'il en faudrait pour réussir dans leurs emplois. T. 2, p. 195.

Ecrivons donc et composons tant que nous voudrons ; prêchons et travaillons pour les autres. Si nous ne sommes pénétrés de ces sentiments, nous travaillerons en vain et nous ne rapporterons de tout notre travail qu'une funeste condamnation. T. 2, p. 195.

Tout passe excepté la charité.
T. 2, p. 195.

II

TRAITÉ DES ÉTUDES

(suite.)

Un sage et respectueux critique qui ne cherche qu'à s'instruire, qui n'a pas moins de soin de bien régler son cœur que d'éclairer son esprit, qui ne cherche pas à dire des choses nouvelles, mais à penser et à parler comme nos Pères, ce critique modeste tire profit de tout, il s'édifie de tout et Dieu prend plaisir à lui communiquer ses lumières.

P. 91.

Que les théologiens ne fassent pas de la théologie une école de chicanes, un magasin de vaines questions indignes de la matière qu'ils traitent et un répertoire de méchants raisonnements qui servent plustôt à dégouster les esprits des choses saintes qu'à les leur persuader et à les défendre. P. 40.

On se met en danger de se gâter l'esprit et le cœur si on ne sait distinguer les bons (casuistes) des mauvais.
P. 46.

Après de longues disputes on ne scait presque encore à quoi s'en tenir.
P. 49.

On disputera éternellement et les hommes seront toujours les mêmes, c'est-à-dire toujours errans et incertains dans leurs sentiments lorsqu'ils ne seront pas guidés par la foy ou par un grand amour de la vérité qui les délivrera de tous préjugés. P. 49.

On a tellement subtilisé sur la casuistique qu'à force de raisonner on a perdu quelquefois la raison et on a vu avec douleur que la morale des païens faisait honte à celle de quelques casuistes.
P. 46.

Il ne faut pas attendre beaucoup d'avantage des disputes des hommes qui embarrassent bien souvent les matières au lieu de les éclaircir.

P. 49.

En matière de philosophie il faut laisser à un chacun la liberté de juger les choses par lui-même. C'est un fâcheux préjugé pour ne jamais trouver la vérité que de se laisser emporter par la seule autorité. P. 56.

Un véritable philosophe ne s'arreste ni à l'autorité des auteurs ni à ses préjugés. Il remonte toujours jusqu'à ce qu'il ait trouvé un principe de lumière naturelle et une vérité si claire qu'il ne puisse la révoquer en doute.

P. 56.

L'habileté (du critique) ne consiste pas seulement à estimer et à suivre les meilleurs auteurs, mais à savoir discerner dans les moindres ce qu'il y a de bon et tout ce qui peut servir à soutenir ou à éclaircir la vérité. P. 63.

Il arrive souvent que ce n'est que pour quelques petits endroits que des auteurs s'attirent la censure (de l'index); il ne faut pas toujours croire que dans le reste ils n'ayent aucune autorité.
P. 64.

Il y a une infinité d'illusions qui flattent notre amour-propre et notre vanité qui nous jettent dans de mauvais raisonnemens. P. 92.

Il faut préférer ce qui peut instruire à ce qui peut plaire et ne s'occuper que du soin d'enseigner et de faire aimer la vérité. P. 120.

Le noviciat et les deux premières années des jeunes profez doivent estre employées uniquement à apprendre les principes de la vie chrétienne et de la vertu et les obligations de la vie monastique. T. 2, p. 110.

Il faut faire en sorte que les premières idées que l'on donne de la vertu aux jeunes gens passent dans leur esprit d'une manière qui ne soit pas désagréable, et que les mêmes livres puissent servir à leur former l'esprit et le cœur.

T. 2, p. 110.

Les livres qui me semblent les plus propres pour les novices sont : l'*Échelle* de saint Jean Climaque, les *Principes de la vie chrétienne* du cardinal Bona, avec son *Guide du ciel* et la *Voye abrégée pour aller à Dieu*, l'*Institution* de Louys de Blois, le *Combat spirituel*, outre la règle de Saint-Benoît, l'*Imitation*, la *Vie de saint Benoît*, les paraphrases des Psaumes par le P. Dom Mège. T. 2, p. 112.

Pour les jeunes profez, outre les livres cy-dessus, on leur peut donner quelques traités de saint Bernard avec la vie du même saint, le premier esprit de Citeaux, la psalmodie du cardinal Bona, l'abrégé de l'histoire de l'ordre de Saint-Benoît, quelque commentaire sur la règle de Saint-Benoît, comme celui du P. Dom Martène. T. 2, p. 113.

Je ne prétends pas nier qu'il n'y ait pas des dangers et des écueils sur la mer de la science et de la théologie. Il y en a partout, dans l'ignorance aussi bien que dans la science, et on ne sera pas en sûreté qu'en craignant. T. 2, p. 113.

III

DE LA MORT CHRÉTIENNE

C'est de ces grands maîtres (les saints) que nous devons apprendre l'art important de bien mourir. Ils nous l'ont appris par leur vie. Avert.

Ordonner qu'on soit revêtu après la mort d'un habit religieux (privilège des oblats et oblates de l'ordre bénédictin) sert à marquer les sentimens de modestie que l'on a en mourant et à retrancher les excès des pompes funèbres. Avert.

Comme la mort fait la décision de l'éternité à l'égard de tous les hommes, il n'est rien de plus important que de bien mourir et d'apprendre à bien mourir. Avert.

La mort, étant un affranchissement des misères et des dangers de cette vie, n'a rien que de consolant.

Avert.

Vouloir mourir dans l'église, mourir en priant, mourir debout comme saint Benoît, sont des circonstances d'une mort si généreuse et si extraordinaire qu'on ne peut se dispenser de les faire remarquer.

IV

EUSEBII ROMANI EPISTOLA AD THEOPHILUM GALLUM DE CULTU SANCTORUM IGNOTORUM, PARISIIS (2e éd.), 1723, in-4o. Traduction LEROY.

Ce n'est pas l'amour de la dispute ni l'œuvre de désobliger personne qui me font parler, mais le seul zèle de la religion que ces deux excès dans le culte, le trop et le trop peu peuvent également déshonorer.

Le culte que l'on rend aux saints inconnus est opposé aux plus pures des règles dont l'Eglise se sert pour déterminer et fixer le culte qu'elle accorde aux véritables saints. P. 56.

La piété et la simplicité des fidèles supplée en quelque manière auprès de Dieu à la sainteté de ceux qu'ils croyent saints de bonne foy et qu'ils invoquent comme tels. P. 94.

Il ne faut point du tout imputer à l'Eglise romaine certaines méprises; son intention est que les choses soient examinées avec toute l'exactitude et la circonspection possible, mais aux officiers subalternes qui n'y apportent pas toujours tout le soin et toute la diligence qu'ils devraient. P. 118.

Il ne faut pas laisser croître les nouvelles erreurs sous prétexte des anciennes qu'il est très difficile de corriger. P. 120.

Que l'on modère et que l'on corrige ce culte excessif que l'on a continué de rendre dans plusieurs Églises à ces saints inconnus. P. 132.

Il est plus aisé d'arrêter le cours des désordres naissants que d'abolir les vieilles erreurs. P. 120.

V

LETTRE D'UN BÉNÉDICTIN A M. L'ÉVÊQUE DE BLOIS TOUCHANT LES RELIQUES DE SON DIOCÈSE, AU SUJET DE LA DISSERTATION DE LA SAINTE LARME DE VENDOME, par l'abbé THIERS, Paris, 1700, in-12.

Je ne crois pas que ce soit un culte superstitieux si l'objet que l'on tient de bonne foy pour avéré est digne de vénération, c'est-à-dire si l'on croit de bonne foy que cette relique soit d'un saint qui est reconnu pour tel dans l'Eglise.

P. 19.

Il faut avoir beaucoup de respect et de déférence pour les traditions des Eglises, puisqu'il s'y mêle assez souvent des circonstances fabuleuses, que la substance en est ordinairement véritable.

P. 75.

VI

DE SA CORRESPONDANCE

Je suis toujours uni à l'Eglise catholique par un lien indissoluble et je souffrirais plutôt mille morts que de m'en séparer.

J'ai toujours été invinciblement persuadé que l'Eglise romaine était la principale Eglise, à laquelle, comme au centre de l'unité, il fallait être uni si l'on voulait être du corps mystique de Jésus-Christ.

Lettre aux catholiques anglais.

Toutes les sectes protestantes vous prouvent d'une manière palpable que l'unité de la foi ne se peut conserver sans reconnaître l'autorité de l'Eglise dans les décisions qu'elle fait sur les questions qui s'élèvent de temps en temps parmi les fidèles.

L'Eglise catholique est la colonne et le fondement de la vérité, et il n'y a qu'elle que l'on puisse écouter sans crainte d'erreur; hors de son sein point de salut.

Il faut une autorité visible pour définir les contestations qui s'élèvent parmi les fidèles touchant les vérités que la foi nous enseigne ; faute de cette autorité visible il n'y a plus de règle, plus de vérité constante, plus d'unité, de foi.

Il est difficile de contenter tout le monde et satisfaire en même temps à ce que l'on doit à la religion et à la vérité.

D. M. à D. Dauban.

Il me semble que lorsque le droit est clair on ne doit pas abandonner pour cela les justes intérêts des inférieurs, surtout lorsqu'ils agissent avec un esprit de paix et de respect pour les supérieurs.

D. M. à D. Estiennot.

Il n'y a rien de si préjudiciable à une histoire que d'y faire paraître de la partialité, car pour lors le vrai n'y est presque plus croyable, et les adversaires, sous prétexte de quelques endroits où on s'est flatté, croient être en droit de tout rejeter, même les choses les plus sûres.

Lettre au 3e sup. gén. de la cong. de S.-Maur, né D. M. par de D. R.
P. 63.

J'ai toujours été persuadé que les religieux ne pèchent pas moins contre la modestie chrétienne et religieuse en attribuant à leur ordre ce qui ne luy convient pas, qu'un particulier en s'arrogeant ce qui ne luy est pas dû.

Lettre au même, D. R., *ibid.*, p. 64.

VII

DE LA VIE DE MABILLON,
par D. Ruinart.

Souvenons-nous de notre profession ; Dieu est notre Père; il ne manquera pas, mettons toute notre confiance en luy.

Paroles de M. à D. Ruinart.

Malheur à nous si l'habitude de voir les offenses de Dieu et de les entendre, nous faisant perdre le sentiment que nous devrions avoir, nous porte à les tolérer.

D. M. à D. Ruinart.

P. 145.

Pour moy, ce qui me soutient, c'est que je scay que la miséricorde de Dieu est infinie ; voilà mon fonds et je ne veux point ainsi d'autre ressource.

P. 246.

Faisons tout ce que nous voudrons, nous serons toujours surpris (par la mort), mais s'il le faut être, tâchons au moins que ce soit dans un état qui soit agréable à Dieu. P. 250.

Je m'aime assez pour être bien aise que l'on ait quelque estime de moy. Vous vous trompez peut-être, mais priez Dieu que je sois tel que vous me croïez. P. 260.

Tant qu'il y aurá quelque rayon d'espérance pour un pauvre misérable, je ne l'abandonnerai jamais. Quel sujet n'avons-nous pas donné nous mêmes à Dieu sans qu'il nous ait pour cela jamais tout à fait rejeté. P. 271.

Les véritables serviteurs de Dieu se servent utilement de leurs défauts mêmes pour s'avancer de plus en plus dans la perfection. P. 272.

Je suis d'un seul ordre par ma profession, mais je suis de tous et je tiens à tous par la charité à laquelle ils doivent tous aboutir.

Sans Dieu, nous ne sommes capables que de tout gaster.

Remerciez Dieu de la bénédiction qu'il donne à nos études pour nous encourager, mais prenez bien garde de ne rien vous attribuer.

On perd toujours beaucoup auprès de Dieu lorsqu'on se veut trop justifier devant les hommes.

Que penserait-on de moi si pauvre et né de parents pauvres je cherchais dans le cloître ce que je n'aurais osé espérer dans le monde. P. 90.

Je ne reconnais pas le mérite que vous m'attribuez, je ne connais que mes défauts. Priez pour moi et demandez à Dieu qu'il fasse de moi ce que vous prétendez ce que je suis.

On dit ses sentiments entre amis à cœur ouvert sans que cela tire à conséquence.

Ne serions-nous pas bien ingrats si nous étions assez malheureux de nous servir des talents que Dieu a mis en nous pour nous élever contre luy-même.

Quoi, on voudrait séparer la piété d'avec la vérité. Peut-il donc y avoir contre la vérité une piété véritable et sincère ? Ou est-il permis d'en proposer une qui ne soit pas véritable.

On ne connaît le mérite de nos souffrances que dans le ciel où la solide consolation nous est réservée.

Souffrir avec patience, avec humilité, c'est la marque la plus visible de la grande bonté de Dieu sur nous et la plus grande récompense qu'il nous puisse donner en ce monde.

En agissant simplement, on fait plus que si on usait de machines.

Lettre, août 1685.

Il est bon d'avoir quelquefois de ces occasions (d'insuccès) pour rabattre la fumée de l'orgueil qui ne se plaît pas à être négligé. M. à M. Marquette.

J'ai cru faire les choses selon Dieu; si j'ai été trompé je ne peux avoir de regret que du peu de succès de la douceur dont on a usé. M. à M. Marquette.

Je serais bien digne de compassion si je me croyais capable de quelque chose de grand, moi qui suis né et n'ai été élevé que dans les choses basses et ravalées. M. à M. Marquette.

Ce n'est qu'en Dieu qu'on trouve une amitié solide, non plus que les véritables honneurs et la véritable grandeur. Il veut bien souffrir que nous y aspirions.

M. à M. Marquette.

Il faut boire le calice avec toutes ses

amertumes, c'est une médecine qui est plus utile que les complaisances des hommes. M. à M. Marquette.

Pour moi, je ne l'abandonneray jamais, le pauvre pénitent, tant qu'il y aura quelque rayon d'espérance de le gagner à Dieu. M. à M. Marquette.

Sans les afflictions nous ne valons rien. M. à M. Wallace, cf. 19639, p. 294.

Il faut laisser les gens juges de ce que nous donnons au public. Tout le monde a droit d'en juger : mais d'ordinaire le public fait justice à ceux qui ont raison. Comme je ne prétends pas être infaillible, je ne suis pas fâché que l'on soit d'un sentiment contraire au mien.

M. à Maghabeclhi, Valéry. T. 2, p. 352.

Ne vous embarrassez point de ce que l'on pourra dire de votre travail (mon très cher Père), travaillez pour Dieu et laissez dire les gens.

M. à D. Ruinart.

Rome est admirable encore plus par ses ruines que par ses édifices modernes.

M. à D. Ruinart, 13 août 1685.

Tenez-vous toujours gay.

M. à D. Ruinart.

Il faut avoir des preuves de ce que l'on dit, à moins de cela on ne peut faire du fond sur ce que l'on avance.

M. à Ruinart, 11 sept. 1685.

Ego vero in vivis sum et melius habeo quam unquam, sed forte cras moriturus.

M. à Schiller, 28 juillet 1697.

Ad ejusmodi haud natus sum dignitatis (cardinalatus) quæ nec ad salutem æternam, nec ad hoc, quod profitemur, litterarum studium quidquam juvant, immo multum abesse possunt.

M. Schiller, 30 juin 1697.

Touchant l'Eucharistie, il faut s'arrêter aux questions qui peuvent édifier les fidèles et être utiles à l'Eglise. C'est pourquoy il faut prendre son temps pour le dire d'une manière qui ne produise pas un effet contraire à celui que l'on prétend,

Lettre, B. N., fr., 19659, f° 103.

Je souhaiterais avoir achevé tout ce que j'ai à faire pour m'appliquer uniquement à l'étude de l'Ecriture sainte, mais il n'y a pas lieu que je puisse espérer cette satisfaction.

La patience et l'humilité chrétienne sont un bon remède à ces sortes de maux (les invectives) qui sont inévitables en cette vie, où les hommes ne cesseront jamais de s'entre-choquer.

Corresp., fr., 19659, f° 86.

Humilité, Humilité, Humilité.

M. à fr. H. Simon Chevalier.

VIII

RÉFLEXIONS SUR LES PRISONS DES ORDRES RELIGIEUX

Certainement il est bien étrange que des religieux qui devraient être des modèles de douceur et de compassion soient obligés d'apprendre des princes et des magistrats séculiers les premiers principes de l'humanité qu'ils devraient pratiquer envers leurs frères.

Il ne faut pas que des juges ecclésiastiques, pour imprimer la terreur aux autres, préfèrent la sévérité à la miséricorde, et que pour se rendre terribles ils oublient la qualité de Pères.

Il faut témoigner quelque dureté apparente à l'égard de certains esprits durs et inflexibles, mais il ne faut pas de cruauté.

A quoi bon aller fouiller dans les replis d'une conscience ou dans les secrets d'un fait caché, des fautes qui ne devraient être révélées qu'au tribunal de la pénitence ?

C'est un défaut de charité insupportable de n'épargner pas la réputation d'un religieux qui sera tombé en faute.

Un juge n'a pas droit de savoir ce qu'il n'a pas droit de punir.

Comment supporter une réclusion de plusieurs mois ou de plusieurs années, sans travail ni occupations... sans consolations, sans secours spirituels ?

On s'accoutume insensiblement à n'avoir plus de religion, n'en faisant plus aucun exercice.

Il faut que le cœur d'un juge soit toujours pénétré de compassion et de charité dans son jugement.

C'est un défaut de charité de ne pas proportionner les peines portées par la sentence aux dispositions, à la force de corps et d'esprit d'un coupable.

Il est nécessaire que l'on punisse les crimes : la justice, le bon ordre et l'exemple le demandent.

IX

INSTRUCTION SUR LE RENOUVELLEMENT DE VIE

Quand on veut sérieusement changer de vie, il faut donner la principale attention aux choses qui ont conduit à la tiédeur et à l'affaiblissement dans la piété et à celles qui ont été le plus propres à inspirer du zèle et de la ferveur.

P. 1.

Craignez les conséquences des plus petits relâchements qui paraissent au commencement si éloignés du terme où ils conduisent. P. 3.

Regardez les psaumes comme dictés par le Saint-Esprit pour vous en particulier. Attendrissez-vous en les prononçant ; entrez dans les sentiments du prophète et prêtez à ses paroles un cœur tel que le sien. P. 4.

Préférez la peine publique et commune, à toute autre. P. 4.

C'est toujours par la tiédeur dans la prière qu'on tombe dans un autre mal qui est sans remède. P. 4.

Aimez la prière et faites, s'il se peut, qu'elle soit continuelle : on ne reçoit que par elle. Dès qu'elle languit tout languit. P. 4.

Croyez qu'en résistant au commencement des tentations on les surmonte sans peine, au lieu qu'après le premier moment on est presque désarmé et vaincu. P. 4.

Persévérez dans la prière malgré votre dégoût, mais évitez les efforts de l'esprit et de l'imagination qui épuisent la tête et dégoûtent le cœur. P. 5.

Substituez la lecture à la stérilité de votre esprit; un moment de lecture pourra la dissiper. P. 5.

Faites grand état de la prière intérieure et mentale pour vous accoutumer à bien faire celle qui a besoin de paroles et qui est inutile si elle ne consiste qu'en paroles. P. 5.

Rendez à Dieu d'infinies actions de grâces de ce qu'il vous a conduit dans un asyle dont votre faiblesse a tant besoin, dont la vie austère rend facile la pénitence que méritent vos péchés, où l'obéissance vous conduit, où l'exemple vous anime, où vos défauts et infirmités corporels vous humilient, où celles des autres exercent votre patience et nourrissent votre charité. P. 6.

Dans le cours de la journée rappelez souvent le souvenir de Dieu. Prosternez-vous quelquefois devant lui si vous êtes seul et si votre santé n'y est point un obstacle. Soyez dans cette posture très peu de temps, mais que la foi, le respect, l'amour, compensent ce qui manque au temps. P. 6.

Défiez-vous de toutes les pensées qui attaquent votre état sous quelque prétexte que ce soit qu'elles viennent.

P. 7.

Faites tous les jours deux lectures du Nouveau Testament; lisez peu mais avec fruit. Ecoutez Jésus-Christ comme s'il ne parlait qu'à vous seul. P. 8.

Tout ce qu'on lit avec curiosité et vanité ne sert de rien dans la tentation et affaiblit l'âme au lieu de la nourrir.

P. 9.

Il y a sans comparaison moins de péril à être dans les ténèbres de l'ignorance que dans celles de l'orgueil.

P. 9.

Souvenez-vous que les lectures spirituelles ne demandent pas un cœur moins

préparé que la prière. Que c'est la même chose d'écouter Dieu et de lui parler.
P. 9.

Lorsque votre santé vous le permettra, ne passez pas de jour sans vous présenter à Jésus-Christ dans le Saint-Sacrement, mais ne le faites pas si ce n'est avec une piété digne d'être admise devant le trône de sa miséricorde.
P. 9.

Regardez la psalmodie comme un honneur, une consolation, une source de grâces et de forces. P. 10.

Aimez en tout à être vrai, simple et sans affectation. P. 11.

Faites-vous un devoir de n'agir point par humeur, c'est-à-dire sans autre raison que l'inclination ou la répugnance.
P. 11.

Notre plus grand mal est d'être quelque chose, de vivre dans l'opinion des

hommes, de sortir de l'obscurité et de n'être point traité comme les autres.
P. 12.

Aimez l'obscurité et l'oubli.
P. 12.

Ne faites jamais paraître dans la conversation votre air de capacité et de suffisance. P. 13.

Soyez fortement persuadé qu'on n'est jamais si présent à Dieu que lorsqu'on est caché aux yeux des autres.
P. 13.

Ne tirez jamais d'autres avantages de la connaissance de la vérité que celui d'être plus humble. P. 14.

Ne soyez doux, égal, complaisant, que par un motif de charité et de foy et non par le désir de plaire. P. 14.

Aimez les personnes simples, imparfaites pour le corps ou pour l'esprit

ennuyeuses, en qui Jésus-Christ est caché par un extérieur qui ne trompe pas les sens et que la foi pénètre aisément.
P. 15.

Ne faites point d'efforts à contre-temps ; ne vous troublez point par de vaines inquiétudes ; n'abandonnez point ainsi tout esprit aux soins du corps.
P. 16.

Tâchez de faire un saint usage de vos maladies et de votre faiblesse naturelle et des dispenses qu'elles attirent. N'en soyez point humilié par orgueil ; n'en soyez point consolé par paresse ou par lâcheté. P. 16.

Ne parlez de vous ni de votre famille ni des personnes qui vous considèrent et dont le mérite peut faire penser que vous en avez, que dans une grande nécessité.
P. 16.

Ne redites jamais ce que vous avez vu dans le siècle quand cela ne peut édifier.
P. 16.

Demandez à Dieu la santé pour garder une règle qu'Il vous a lui-même imposée et ne croyez pas le tenter en lui demandant un miracle qui ne servirait qu'à vous faire rentrer dans l'ordre commun. Demandez-le avec une foi vive, mais soyez en repos si Dieu le refuse. Persuadez-vous alors que les forces du corps nuiraient à celles de l'esprit.

P. 17.

Estimez-vous la dernière et la plus faible de la communauté pour la vertu aussi bien que pour la santé, et sans aimer votre état de faiblesse aimez cette espèce de confusion qu'il attire. P. 17.

Rendez grâce de ce que l'infirmité extérieure servira peut-être à en quérir une autre plus dangereuse quoique moins visible. P. 17.

Comprenez que ce serait pour vous une occasion de vanité et de complaisance si vous pouviez tout ce que les autres peuvent. P. 17.

Ne faites rien à la hâte et avec dissipation. P. 18.

Ne perdez pas vos actions, même les plus petites ; faites-les par des vues qui naissent de la foi et sachez ainsi pourquoi vous le faites. P. 18.

Croyez qu'on n'ouvre point son cœur sans danger, qu'on l'épuise dès qu'on le répand, qu'on est volé dès qu'on n'est pas attentif, qu'on cesse d'être touché dès qu'on dit par indiscrétion qu'on l'était. P. 18.

Craignez de perdre les sentiments de piété dont vous serez rempli en les montrant ; cachez avec soin ce trésor pour le conserver. P. 18.

Ne dites rien que ce qui est nécessaire ; ne parlez jamais sans veiller sur ce que vous dites et sur le motif qui vous porte à parler. P. 18.

Evitez de parler sur les choses édifiantes si vous n'y êtes pas obligés par la charité. P. 18.

Ne marchez point au hasard et sans avoir de but et sans dessein d'arriver.
P. 19.

Ne méprisez rien, puisque toute action peut devenir d'un grand prix. Rien ne reste petit quand on aime beaucoup; rien n'est grand quand on aime peu.
P. 19.

Ne vous occupez pas dans une action de celle qui la suivra : bornez-vous toujours au moment présent. P. 19.

Ennoblissez tout, élevez tout, divinisez tout ; rien ne reste petit quand on aime beaucoup et rien n'est grand quand on aime peu. P. 19.

Bornez-vous toujours au moment présent et défiez-vous toujours des projets qui enlèvent toujours le présent en promettant des merveilles dans l'avenir.
P. 19.

N'estimez point les vertus si elles ne naissent de l'esprit de Jésus-Christ, si elles ne sont pas un effet de sa grâce, si elles ne se terminent à lui. P. 19.

Nous sommes nés du cœur de Jésus-Christ par l'ouverture qu'y a faite son amour plutôt que le fer. P. 20.

Ne perdez jamais la sérénité et la paix du cœur, parce que dans le trouble on ne sait plus où l'on va, ni de quel côté on est en péril. P. 20.

Dieu punira plus sévèrement l'orgueil déguisé en vertu que les vices les plus honteux. P. 20.

La raison et la sagesse séparées de la foi ne sont qu'une folie. P. 20.

N'attendez pas au soir pour faire l'examen de vos actions et de vos motifs; ayez toujours une partie de l'esprit attentif à ce que l'autre n'agisse jamais tout entière. P. 20.

La raison et la sagesse séparées de la foi ne sont qu'une folie. P. 20.

Recourez à la prière dès le premier moment de trouble et ne la quittez point que le calme ne vous soit rendu.
P. 21.

Dès qu'on est tombé, il faut penser à Dieu et non aux hommes, se relever avec paix et non descendre encore plus bas par le dépit, la mauvaise honte et le découragement. P. 21.

Craignez plus l'éclat de la vertu et l'admiration qu'elle attire que vos faiblesses et vos péchés, car le plus grand de tous est l'enflure du cœur et une vaine complaisance dans la justice dont certaines imperfections extérieures sont le remède. P. 21.

N'aimez pas vos fautes, mais aimez l'utile humiliation qui les suit ; n'en négligez aucune, mais ne travaillez point à les corriger par orgueil. P. 21.

Efforcez-vous d'être plus humble après avoir eu plus de ferveur et de sentiment dans l'usage des sacrements ou après avoir souffert quelque chose avec plus de patience et de douceur qu'à l'ordinaire. P. 22.

Ne soyez jamais si en crainte que lorsque vous ferez quelque bien, que vous parlerez avec sagesse et avec raison, et que vous mériterez d'être approuvé, parce que vous serez alors sur le bord le plus étroit et le plus glissant du précipice de la vanité.

P. 22.

L'imagination aime les réflexions et les raisonnements, et le dernier s'en sert pour couvrir les plus dangereuses tentations dont on sent ordinairement tout l'effet sans en avoir pu décerner la cause ni la version. P. 23.

Ne regardez jamais l'incertitude de la persévérance sans penser aux promesses de Jésus-Christ et à l'obligation d'espérer tout de sa bonté. P. 23.

Supportez-vous vous-mêmes dans les temps pénibles et redoublez votre courage. P. 23.

Ne raisonnez point inutilement sur l'avenir. P. 23.

Tâchez d'expier par vos gémissements et des actions contraires ce qu'on ne se hâte d'ordinaire de confesser que pour oublier. P. 24.

Confessez-vous toujours et comme à Jésus-Christ. Exposez le fond de votre cœur, tel qu'il le connaît ; ne pensez alors qu'à fléchir sa miséricorde par une profonde humiliation.

P. 24.

Considérez comme le souverain bien la source de toutes les grâces, le bonheur de vous approcher de Jésus-Christ.

P. 25.

Regardez comme un insigne malheur ce qui serait capable de vous séparer de la sainte table. P. 25.

N'espérez qu'en Dieu et ne mettez votre confiance qu'en lui pour les secours extérieurs comme pour les autres plus dignes de miséricorde.

P. 26.

Les retraites étant pour connaître ses fautes, en gémir et s'en accuser, on doit les passer dans un esprit de pénitence.

P. 26.

Ne choisissez rien, ne raisonnez point, ne représentez que l'infirmité corporelle qu'il faut toujours découvrir (à vos supérieurs).

P. 27.

Ne vous affaiblissez point par la peur que toute la communauté ne succombe à une grande épreuve. P. 27.

Faites votre devoir et espérez que les autres (personnes) le feront, et si elles y manquent ne prenez aucune part à leur peu de foi et à leur faiblesse.

P. 27.

Ne comptez pour rien vos goûts et vos aversions, parce qu'il ne faut compter pour rien l'amour-propre qui en est le principe. P. 28.

Désirez sincèrement de mourir à vous-même et par conséquent à votre volonté, car tout l'homme est dans la volonté, le reste étant à lui mais n'étant qu'à lui, et c'est à l'obéissance à l'immoler, aucune autre vertu ne pouvant le faire comme elle. P. 28.

X

SUR LA RÈGLE DE « SAINT-BENOIT »

Par de nouveaux statuts et ordonnances, les Bénédictins et les Bénédictines ont aimé et fortifié leur observance régulière.

Avert., Règle de S. B.

XI

DES PRIÈRES LITURGIQUES

Donnez-moi, mon Dieu, le don de me taire quand il faut et de ne rien dire qui puisse vous déplaire.

Tierce.

Que cet amour ineffable qui vous a fait souffrir tant de tourments pour moi soit éternellement gravé dans mon cœur.

Sexte.

Que ce sang que vous avez répandu me fasse rougir du peu que je souffre.

Sexte.

J'accepte, mon Dieu, la mort à laquelle vous m'avez vous-même condamné et je l'unis à celle de mon Sauveur.

None.

Combien devrais-je être plus sensible à cette lumière intérieure dont vous m'éclairez ! Vêpres.

Tout mon bonheur consiste à vous être soumis (1).

Acte d'adoration.

(1) Cf. mon édition des « Prières liturgiques », de Mabillon.

XII

RÉFLEXIONS SUR LA RÉPONSE DE M. L'ABBÉ DE LA TRAPPE AU TRAITÉ DES ÉTUDES MONASTIQUES (in-4°, Paris, 1692).

L'étude en général est en quelque façon nécessaire aux communautés monastiques pour les maintenir dans le bon ordre.

Il est difficile et moralement impossible de conserver le bon ordre dans ces communautés sans ce secours (de l'étude).

P. 15.

La science est l'effet de l'étude, mais toutes sortes d'études ne produisent pas la science. La science n'est l'effet que d'une étude sérieuse. P. 28.

La perfection de l'esprit, lorsqu'elle est telle qu'elle doit être, c'est-à-dire bien réglée, n'est pas contraire à celle du cœur, et on n'est guère moins obligé de travailler à l'une qu'à l'autre, parce qu'elles ont beaucoup de rapport ensemble, et que l'une dépend de l'autre.

P. 28.

Un cœur déréglé corrompt l'esprit, et les ténèbres et l'erreur de l'esprit portent la confusion et le dérèglement dans le cœur. P. 29.

Dieu a mis dans notre âme un ardent amour de la vérité, en sorte qu'elle ne désire rien plus fortement. P. 29.

On s'élève à Dieu, on s'y applique, on s'y attache aussi bien que par les élévations du cœur lorsque les uns et les autres ont la charité pour principe.

P. 30.

Les règles, et en particulier celle de

Saint-Benoît, sont favorables à l'étude, loin de leur être contraires.

P. 30.

Le désintéressement, qui est la marque sensible de la pauvreté, est assez le caractère des gens de lettres. P. 30.

Qui est plus docile et plus capable d'entendre raison et de se soumettre par conséquent aux ordres légitimes d'un supérieur, qu'un religieux éclairé dont la science avec la grâce a formé l'esprit et le cœur? P. 30.

La vie innocente à laquelle l'étude conduit dispose à cette pureté qui est nécessaire pour s'approcher de Dieu.

P. 30.

La fin de la vie religieuse aussi bien que du christianisme, c'est la charité à laquelle tous les chrétiens, laïques, religieux et ecclésiastiques, sont également obligés. P. 30.

Je puis tomber dans l'erreur aussi bien que tous les autres hommes ; je puis tomber dans des contradictions. Mais que j'écrive contre ma propre conviction, j'espère qu'avec la grâce de Dieu cela n'arrivera jamais. P. 34.

Je me sens fort éloigné de rien écrire contre ma pensée, et j'espère que Dieu ne m'abandonnera jamais jusqu'à ce point que la complaisance et la flatterie me portent à soutenir un sentiment contre ma propre conviction. P. 34.

Quelle espérance de salut peut-il y avoir dans des lieux où l'humilité, la prière, la pureté, le recueillement, la solitude, la simplicité, la pureté, en sont entièrement bannis ? P. 37.

Sans études on ne fera jamais ses lectures avec fruit ; sans études on ne s'élèvera jamais à ce comble de doctrine (dont parle saint Benoît). P. 51.

La parfaite connaissance de Dieu, qui

s'acquiert par les dogmes, conduit à l'amour de Dieu et le perfectionne.

P. 52.

S'appliquer aux études, ce n'est pas s'écarter de la règle (de Saint-Benoît), c'est au contraire s'y conformer en imitant les saints qui en ont fait profession.

P. 58.

La tradition d'un ordre a toujours esté considérée comme l'explication de la règle, et elle a toujours tenu lieu de règles sur les points de discipline dont la règle ne s'explique pas, de même que la tradition de l'Eglise à l'égard de l'Ecriture. P. 66.

Les supérieurs doivent régler les études qui peuvent convenir à chacun, soit par rapport à leur talent, soit par rapport aux besoins des corps et des communautés où ils se trouvent. P. 99.

Toutes nos pensées, tous nos desseins

dans nos études, doivent se terminer à nous bien connaître nous-mêmes.

P. 100.

C'est en vain que l'on étudie, que l'on se fatigue, que l'on veille, que l'on entasse connaissances sur connaissances, à moins que ce ne soit pour devenir meilleurs.

P. 100.

Les plus scavants doivent mépriser ce qu'ils scavent en comparaison de la science du salut.

P. 120.

Les scavants peuvent et doivent même quitter quelquefois l'application à de certaines études dans lesquelles ils excellent lorsqu'elles leur sont un sujet de scandale et de chute. Ils doivent même mépriser le faux éclat de leur science sans faire pour cela une profession publique d'ignorance.

P. 120.

Cette étude (de l'Ecriture sainte) est de tous les temps et elle doit estre aussi bien aujourd'hui qu'autrefois l'occupation des personnes consacrées aux autels ; mais la manière d'étudier ces livres divins a beaucoup varié suivant la différence des esprits et des temps, et les dispositions qu'on y a apportées ont aussi été bien différentes. P. 137.

Disons donc que les solitaires peuvent apprendre ces sciences (la rhétorique et la philosophie), pourvu qu'ils se bornent à ce qui est utile et honnête, et qu'ils n'y donnent que très peu de temps, c'est-à-dire autant qu'il en faut pour entendre et expliquer les bons auteurs dont la connaissance leur peut être utile pour l'intelligence de l'Ecriture et des Pères.
P. 151-2.

Il peut y avoir de l'abus dans la manière de traiter la philosophie ; on peut en corriger la méthode si l'on veut, et j'en ai marqué les moyens, mais on ne doit pas pour cela condamner absolument cette étude qui peut avoir de très bons effets.
P. 153.

Je ne prétends pas nier qu'il n'y ait des

dangers et des écueils sur la mer de la science et de la théologie. Il y en a partout, dans l'ignorance aussi bien que dans la science, et on ne sera pas en sûreté qu'en craignant toujours ces dangers, en se défiant de soi-même et en priant beaucoup. Quiconque n'est pas dans ces dispositions court, en effet, grand risque de se perdre. P. 161.

Si celui qui n'est pas employé aux grandes études rend grâces à Dieu des talens qu'il a donnés à son frère, et ne s'attriste pas de ce qu'il n'est pas occupé comme lui, et si au contraire celui qui est occupé ne s'élève point de sa science, mais s'humilie de ce qu'il n'est pas appliqué aux choses les plus basses et les plus humiliantes, tout sera en paix.
P. 178.

Un supérieur sage et prudent doit savoir appliquer chacun suivant sa capacité, ou selon les dispositions de nature et de grâce qu'il y trouve.
P. 178.

Il est même du devoir de ces religieux de n'exiger pas ces sortes de distinctions et d'attendre sur cela les ordres de la Providence qui leur seront signifiés par l'organe de leurs supérieurs.

P. 181.

Il n'y a pas toujours obligations d'implorer les religieux suivant leurs talens. Cela doit dépendre de la prudence et de la charité des supérieurs qui verront s'il est à propos d'en user ainsi pour l'avantage particulier de ces religieux et pour l utilité publique. P. 181.

Les religieux qui ont des qualités qui les distinguent doivent entrer dans un saint tremblement dans l'appréhension de n'en pas faire un bon usage en combattant contre Dieu mesme avec ses dons par leur orgueil. P. 181.

Et cela les doit obliger à lui demander avec instance ou qu'il leur ôte ces talents qui leur peuvent attirer l'estime des hommes ou qu'il leur donne la grâce d'en bien user. P. 181-2.

Certains esprits qui ont des talents seront en plus grande sûreté si on les occupe conformément à ces talents que si on faisait violence à leurs dispositions naturelles par des emplois qui les rendissent languissants en leur abattant l'esprit et le courage. P. 182.

Les supérieurs doivent extrêmement considérer dans ces distinctions qu'ils font des sujets pour des emplois et des études particulières. P. 182.

Il faut que les supérieurs fassent réflexion que ce qui est plus en soi, comme serait de n'avoir point de talents ou de les cacher lorsqu'on en a quelques-uns, ne l'est pas à l'égard de tout le monde. P. 182.

La punition dont Dieu menace les prestres ignorants tombé sur tous ceux qui négligent de s'instruire de leurs obligations et de leur devoir. P. 188.

On peut dire, en général, qu'on ne doit

pas condamner les marques de distinctions, d'emplois ou de prérogatives que l'on a accordées à plusieurs abbés.

P. 206.

Ce serait une chose bien étrange qu'on ne pût lire les ouvrages (des Pères) sans quitter les voies des saints Instituteurs des ordres monastiques, comme si ceux-ci avaient pu établir d'autres voyes pour aller à Dieu que celles de ces grands maîtres de toute l'Eglise et si on pouvait cesser d'être saint en étudiant ce que de si grands docteurs ont écrit.

P. 208-9.

La connaissance des dogmes nous porte à Dieu aussi bien que les traités moraux, et il y a même bien souvent autant de morale dans les ouvrages dogmatiques que dans les autres. Disons plus : il y a souvent autant de dogmes dans les expositions des Pères sur l'Écriture que dans leurs livres de dogmes même.

P. 209.

L'étude des dogmes n'est pas étrangère à l'état monastique, et ceux qui ont de l'aptitude pour cette étude peuvent y être occupés sans sortir de leur état. P. 211.

La connaissance de Dieu dépend de la science des dogmes. P. 219.

La morale chrétienne a une liaison nécessaire avec la science des dogmes, parce que la véritable piété est fondée sur la connaissance de Dieu. P. 219.

A proportion que cette connaissance de Dieu est plus parfaite, la piété en est aussi d'ordinaire plus solide. P. 219.

Fuyons donc la mauvaise critique, mais ne rejetons pas la bonne. Elle est nécessaire pour ne pas donner aveuglément sa créance à de fausses histoires, à des contes superstitieux, à des imaginations creuses et à des visions mal fondées, à des miracles faux ou douteux, à de faux ouvrages des Pères. P. 224.

On doit user de la critique dans les choses de la foy et de la religion, quoiqu'avec une sage retenue et avec beaucoup de modération, en ne recevant pas indifféremment toutes choses sans raison et sans discernement. P. 224.

La critique est nécessaire même aux solitaires (moines) dans les choses les plus saintes. P. 224.

C'est une légèreté de tout croire sans examen. P. 224.

L'exemple de tant de grands hommes qui se sont servis de la critique utilement pour l'Eglise suffit tout seul pour en faire l'apologie, et les règles que j'ay tasché de donner dans mon traité peuvent servir à en ratifier l'usage. P. 225.

Sans le secours des sciences inférieures on n'entendra pas la sainte Écriture. P. 230.

La science de l'Ecriture, *pourvu qu'elle*

fût profonde, pourrait suffire toute seule pour former un grand évêque. Mais elle ne sera jamais profonde s'il n'a eu soin d'acquérir les connaissances qui sont nécessaires pour se rendre capable de cette science. P. 230.

Rien n'est plus conforme à la raison que de s'appliquer à ce qui peut être utile, conformément à ses dispositions et à sa capacité, suivant les ordres du supérieur auquel on est soumis et selon le sujet qu'on traite. P. 256.

Deux choses ont rendu notre ordre (bénédictin) illustre : le mérite de la bonne vie et la doctrine ; donc celle-ci étant négligée, il est très rare que l'on parvienne à la première. P. 263.

Quoique les religieux, dans les collèges (de Paris) demeurent ensemble séparez des séculiers, néanmoins le commerce qu'ils sont obligés d'avoir avec eux pour les études, ou pour prendre les degrés, les engagent dans des occasions auxquelles il est difficile de ne pas respirer l'air du monde, et par conséquent de ne pas étouffer insensiblement l'esprit monastique. P. 304.

On ne doit pas aussi trouver mauvais que des supérieurs s'éclaircissent des vérités particulières qui regardent les dogmes de l'Église. On ne doit pas même improuver cette étude dans de simples religieux qui ont assez de capacité pour ces connaissance lorsque les supérieurs jugent à propos de les y appliquer pour leur bien particulier ou pour le bien de l'Eglise (dans les universités).
P. 307.

Les hommes prennent bien souvent pour temps perdu ce qui ne produit rien d'éclatant. P. 316.

Nous soutenons que la prédication n'est pas un emploi interdit aux moines, etque leur profession n'y est pas opposée, puisque saint Benoît ne l'a pas défendu dans ses règles et que lui-même l'a pratiqué et fait pratiquer à ses disciples.
P. 319.

Quand il faut instruire les peuples, les retirer de leurs illusions, de leurs égarements, de leurs désordres, leur persuader efficacement la créance de nos mystères, déraciner les superstitions du paganisme, imprimer vivement dans les esprits et dans les cœurs l'horreur pour des crimes, c'est ce qui ne se fait jamais sans doctrine et sans science ou infuse ou acquise.

P. 325.

Il ne faut pas interdire à ceux qui en sont capables l'étude des dogmes dont la connaissance est absolument nécessaire pour ses fonctions. P. 326.

Ce n'est pas assez de s'accorder des lectures, il faut encore se donner les moyens de les pouvoir faire utilement.

P. 326.

Il est nécessaire d'instruire efficacement, de presser, d'exhorter vivement, de reprendre avec véhémence, de réfuter avec force ; il faut fonder des églises, instruire et établir des ministres, et tout cela ne se peut faire sans science et sans beaucoup de capacité. P. 326.

Ceux qui s'appliquent dans nos communautés à l'étude sont souvent les plus humbles, les plus retirés, les plus exacts. P. 344.

(Les études se pourront faire sans inconvénient), si l'on a soin de donner à ces étudiants un maître qui n'ait pas moins de soin de les élever dans la vertu que dans la science, si les supérieurs veillent sur eux avec beaucoup d'application, si on retire de ces études ceux qui n'en font pas un bon usage. P. 345.

Pourquoy estre si attentif et si sensible aux mouvements des études et fermer les yeux au bien qui en peut revenir et aux maux que peut causer le défaut de science ? P. 345.

Les étudiants se mettent en état par ce moyen des études de rendre service à leur ordre, à l'Eglise et au public comme ont fait leurs pères ou pour le moins de s'occuper mieux dans leur solitude que ceux qui n'ont aucune entrée dans ces sciences. P. 345.

Il me semble que l'on doit compter pour quelque chose que les religieux par ces études se rendent capables de profiter des lectures que la règle leur prescrit : qu'ils puissent entendre l'Ecriture sainte et les Pères sans se mettre en danger de les prendre de travers. P. 345.

Quel moyen plus innocent pour se délasser que l'étude. P. 346.

Comme le corps a besoin de prendre du soulagement et du relasche, l'esprit et la volonté tout de même ont besoin de diversifier quelquéfois leur application pour ne les pas trop fatiguer et ne les pas rebuter. P. 346.

Que si on voulait pousser les obligations des chrétiens en général comme on fait celles des religieux, on dirait que comme ils doivent aimer Dieu de toutes leurs forces, de tout leur esprit et de toute leur volonté, que toute leur pensée doit être dans le ciel et pour le ciel ; que leur vie ne doit être qu'une vie de prière et d'oraison ; qu'elle doit être toute cachée en Dieu avec Jésus-Christ : cela doit aller jusqu'à leur retrancher toute autre application et toute sorte d'études, aussi bien qu'aux religieux, comme s'ils ne pouvaient pas s'acquitter de ces devoirs en rapportant à Dieu toutes leurs actions même les plus indifférentes.

P. 346-347.

Les solitaires rendent service à l'Eglise et à l'Etat par leurs prières. Mais avec ces prières que ceux qui sont studieux n'abandonnent point, ils ne leur en rendent pas moins quelquefois par d'autres applications et en particulier par l'étude.

P. 347.

Dieu a mêlé dans l'Ecriture sainte de grandes difficultés avec les choses les plus faciles, afin de les proportionner à toutes sortes d'esprits. P. 347.

L'exemple qu'un religieux donnera au dehors par sa modestie et par sa régularité remplira avantageusement tous les vuides apparens qui se trouvent dans sa conduite. P. 348.

Si l'on veut que le travail tienne lieu de prière, l'étude qui sera faite d'une manière religieuse n'a pas moins de mérite. P. 348.

Un solitaire appliqué à l'étude ne prie pas moins bien, souvent, que les autres. Il remplace par d'autres choses le défaut des prières extraordinaires, et il peut par son étude et par sa doctrine estre capable d'édifier et d'instruire les autres, ce qui peut tenir lieu de prière. P. 348.

Je soumets de tout mon cœur cet ouvrage au jugement de l'Eglise et de toutes les personnes sages pour y corriger ce qu'ils jugeront à propos.

P. 353.

L'étude pour le moins produit cet

avantage que l'on n'est point onéreux à soi-même, ni incommode à personne.
P. 353.

On peut tomber dans l'erreur sans être hérétique lorsque l'on est disposé d'acquiescer aux sentiments de l'Eglise.
P. 362.

Visions, révélations, prédictions, sont choses beaucoup plus à craindre aux religieux dévots qui n'ont point de science qu'à ceux qui sont scavans et éclairés.
P. 370.

A l'abbé de Rancé qui conclut qu' « un moine ne doit pas être un historien mais un moine », Mabillon répond avec raison à l'appui : « J'aimerais autant dire qu'un chrétien, qu'un prêtre, qu'un évêque, ne doit pas estre un historien, mais un chrétien, un prêtre, un évêque. » P. 381.

On ne peut interdire la lecture ou l'étude de l'histoire ecclésiastique à ceux qui en peuvent faire un bon usage pour eux ou même pour le public.

P. 381.

La doctrine et la discipline de l'Eglise, sa tradition uniforme et invariable, la vie et les belles actions des saints et des grands hommes, la récompense des bons et la punition des méchants, les erreurs et les égaremens des hérétiques, en un mot la conduite admirable de Dieu dans le gouvernement de l'Eglise et les ressorts infaillibles de sa Providence à le faire triompher tost ou tard de ses ennemis ; c'est ce qui est digne de l'application de tous les fidèles et des religieux en particulier : c'est ce qui les affermit dans la foy ; c'est ce qui leur fournit d'excellents moyens pour se porter à Dieu et à la vertu ; c'est enfin ce qui les peut rendre capables de rendre service à l'Eglise et au public. P. 382.

Les intrigues et les factions que des gens passionnés ou mal intentionnés ont formées contre les défenseurs de l'Eglise et de la Foy peuvent servir à nous affermir avec encore plus d'attachement dans la vérité, vérité que tous les artifices et toutes les violences des hommes ne sont pas capables d'abattre ni d'ébranler, quoiqu'il semble quelquefois qu'ils aient le dessus pour un temps. Voilà les fruits de l'histoire. P. 383.

Entr'autres écueils que j'ay dit qu'il fallait éviter dans les lectures, je compte la curiosité pour un des principaux. P. 387.

Il vaut bien mieux scavoir peu et avoir le cœur bien réglé que de scavoir une infinité de choses et se négliger soi-même. P. 387.

Quoique les bonnes lectures aient beaucoup plus de rapport au recueillement que l'embarras des affaires, néanmoins on peut se recueillir dans les plus grands embarras. P. 390.

Donc que les distractions involontaires que nous peuvent causer nos études ne nous empêchent pas de paraître devant Dieu dans l'état auquel nous devons estre en qualité de chrétiens. P. 394.

Toutes sortes de distraction n'éteignent pas la piété ni l'esprit de prière. Il y a des distractions du cœur et des distractions de l'esprit. Ce qui ne fait que distraire l'esprit ne fait pas grand mal, surtout lorsque ces distractions naissent d'une application utile ou nécessaire et que le cœur demeure toujours attaché à Dieu. P. 395.

Le travail corporel emporte avec soi, lorsqu'il est un peu violent, toutes les forces et toute l'application de l'âme, et il est sujet à des distractions aussi bien que l'étude ; mais l'esprit de pénitence et la charité qui en est le principe et qui l'anime lui tient lieu de prière, principalement lorsque par de fréquents retours on élève son cœur à Dieu, ce qui se peut aussi bien faire dans l'étude. P. 395.

L'étude, pourvu qu'elle soit bien faite,

n'est pas si contraire à l'esprit d'oraison qu'on prétend. P. 396.

L'étude n'est pas non plus si opposée qu'on croit à l'humilité. Personne n'est plus disposé à cette vertu que celui qui se connaît mieux et qui est plus persuadé que ce qu'il sait est bien peu de choses. Cela n'est pas moins vrai d'une science médiocre. P. 396.

Il est quelquefois plus aisé de conserver l'humilité dans une science qui nous confond avec quantité de gens peu estimables et que nous estimons peu, que de la conserver dans un mépris de la science dont on fait une qualité angélique. Par l'une on se voit au niveau de beaucoup de gens ; par l'autre on se regarde au-dessus de tous les hommes.
P. 396.

On a sujet de craindre la vanité dans les bonnes œuvres, mais ce n'est pas une raison de s'en interdire l'exercice.
P. 396.

Certaines décisions causent quelquefois de fâcheux mouvements dans l'Église ; il vaut bien mieux laisser les doutes indécis que de causer des troubles en les décidant à contre-temps. P. 397.

Il ne faut pas aisément proposer de nouveaux doutes, mais il est à propos que ceux qui veulent étudier la doctrine de l'Église sachent ceux qui sont communs parmi les habiles gens, afin de pouvoir s'en éclaircir par la lecture des originaux ou des auteurs qui en ont traité. P. 397.

Puissé surtout la charité unir les travaux des uns avec l'étude des autres par l'union des cœurs ! P. 402-404.

Outre la parole de Dieu qui exige que l'on en parle avec dignité, un auditoire mérite bien qu'on prenne un peu de peine à ne dire pas les choses d'une manière négligée. P. 323.

Dans les prédications, il ne faut pas

d'affectation, il est vrai, mais la négligence aussi ne serait pas supportable. La vérité sans cela perd beaucoup de sa force et elle est quelquefois exposée aux rebuts des auditeurs, à cause du peu de disposition qui se trouve dans les prédications. P. 323.

C'est une espèce d'injustice de confondre les bons avec les mauvais ; c'en est aussi une de leur faire porter la même confusion, et c'est priver l'Eglise de l'édification qu'elle pourrait tirer des bons exemples en ne les distinguant pas des mauvais quand ceux-ci seraient aussi véritables qu'on les suppose. P. 340.

Heureux si ce pouvait être là le fruit de nos disputes et si nos sentiments estant partagés au sujet de la science, ils demeuraient réunis au moins dans l'esprit de la charité qui songe plus à conserver la paix qu'à faire la correction. P. 404.

Que la paix et la bonne intelligence

nous unissent ensemble d'un lien indissoluble. P. 404.

C'est la charité qui fait que ceux qui étudient et qui ont de la science ne méprisent pas ceux qui n'en font pas profession dans le dessein de ne penser qu'à Dieu. P. 404.

C'est la charité qui, unissant les travaux des uns avec l'étude des autres par l'union de leurs cœurs, fait que ceux qui étudient participent au mérite du travail de leurs frères et que ceux qui travaillent profitent des lumières de ceux qui étudient. P. 404.

C'est la charité qui apprend à faire un bon usage du défaut de science lorsqu'il est uniquement appliqué à ne se remplir que de Dieu. P. 404.

C'est la charité qui fait faire un bon usage de la science. Il ne faut point rechercher l'une sans l'autre, mais il est permis et il est même louable de chercher l'une avec l'autre. P. 404.

XIII

DES « ACTA SANCTORUM ORDINIS SANCTI BENEDICTI », 9 vol. in-fol., 1668-1702.

Illud enim maxime nobis cavendum est, ne ut majoribus nostris pulcherrimum fuit tantam nobis ordinis nostri gloriam et amplitudinem relinquere ; sic nobis turpissimum sit, illud quod accepimus tueri et conservari non posse : maxime cum exemplis suis utriusque rei nobis auctores esse possunt, si eorum religionem velimus imitari. P. 125.

Non enim audacia sententiis addit pondus, sed potius detrahit.

P. 72, n° 44.

XIV

DES ANNALES O. S. B., 6 vol., 1703-39.

Multa (mihi) indulgeri opto, excepto si quid contra quemquam inofficiosè, maximè si quid vel tantillum contra debitam catholicæ Romanæ Ecclesiæ reverentiam vel doctrinam mihi nec cogitanti nec volenti excidisset.

T. 4, præf. in fine.

Ceux par la faute de qui le relâchement se met dans les monastères doivent s'attendre à un jugement terrible, et cela regarde non seulement les supérieurs, mais aussi les simples religieux qui, par leurs mauvais exemples, portent les autres à violer la règle.

Annales Bénéd.

Otez l'étude, vous ne trouverez plus

personne capable d'enseigner et d'exhorter ni de reprendre les pécheurs. Les prêtres et les religieux deviendront oisifs, inutiles et vicieux, et il n'y aura plus de différence entre eux et le peuple.

Ann. bénéd, t. 3, ad annos, 8:6-890.

C'est là (à Subiaco) le berceau de notre ordre; c'est là la pierre dont nous avons été tirés. Ann. bénéd.

Plaise à Dieu qu'il ne me fasse pas un crime d'avoir passé tant d'années à étudier les actes des saints et de leur ressembler si peu.

Præf. in V sæc. Bened., 138.

CORRESPONDANCE

Lettre de D. Mabillon à D. Hilarion Monnier, supérieur du monastère de Saint-Servule de Morey, à Langres, le 11 janvier 1705.

11 janvier 1705.

Benedicite.

Mon Révérend Père,

J'aurais bien plus de sujet de m'excuser de répondre à votre difficulté que R. V. n'en a de s'excuser d'accepter la supériorité à laquelle vous êtes destiné par votre chapitre G(énéral). Mais je répons simplement à votre lettre (1) dans laquelle il me paraît que vous n'envisagez les choses que d'un costé et que vous ne faites pas assez attention à l'autre. Vous êtes frappé des dangers de la supériorité, et vous avez raison, mais ne craignez-vous pas aussi de résister à l'ordre de Dieu et à la vocation légitime qui vous y destine ? Il n'y a guère moins de sujet de craindre d'un costé que de l'autre. Vous ne croyez pas avoir en 2e lieu les qualités et les vertus nécessaires pour cet employ, mais ne devez-vous pas aussi être persuadé que personne ne les a absolument et ne devez-vous pas croire que c'est Dieu qui fait tout et qui supplée aux défauts de ceux qu'il appelle à ce ministère ? Ce seroit une

(1) Cette lettre est scellée d'un sceau à l'effigie de saint Benoît. Cf. ma *Numismatique bénédictine*, IIe volume, et ma *Sigillographie bénédictine.*

présomption d'un costé de croire qu'avec toutes les bonnes qualitez possible on y puisse réussir sans une grâce toute particulière, et de l'autre une défiance qui ferait injure à Dieu si, persuadé qu'il nous appelle à quelque employ, nous décrétions qu'il nous donna les grâces nécessaires pour y réussir, pourvu que nous les luy demandions. Or pouvez-vous douter, mon R. Père, de votre vocation ? Ce sont les supérieurs légitimes qui vous y appellent. Ils ont écouté vos raisons ; ils y ont même déféré pour un temps. Pourquoi voulez-vous leur résister pendant que la religion votre mère a besoin de votre service et vous appelle à son secours ? Vous direz ce qu'il vous plaira, mais je ne crois pas que vous puissiez vous dispenser d'obéir. La vocation de Dieu, la charité, l'obéissance, exigent cela de vous. Pour ce qui est de l'autre article de votre lettre, je ferai mon possible pour empêcher les mauvais desseins des gens dont vous me parlez. Je me recommande à vos saints sacrifices et suis avec respect aussi bien que D. Thierry, mon R. Père, votre très ob. Rel[x].

JEAN MABILLON, M. B.

Derniers conseils donnés par Mabillon sur son lit de mort à son neveu.

N'oubliez jamais ce que vous êtes et souvenez-vous que nous ne sommes quelque chose qu'à proportion de ce que nous ne sommes rien à nos yeux. La grandeur d'un chrétien consiste dans la connaissance et dans l'aveu de son néant, de sa misère et de sa faiblesse, dans le mépris de tout ce que le monde estime, honneurs, richesses, grandeurs, élévations, et dans l'amour des humiliations, des souffrances et des ignominies de Jésus-Christ ; l'humilité, l'humilité : *in omnibus humilia te ipsum*. Dieu se plaît à élever ceux qui s'abaissent : *de ster-*

core erigens pauperem, et il regarde avec indignation ceux qui s'élèvent: *alta a longe cognoscit.* Ses faveurs, ses miséricordes, son roïaume, ses bénédictions éternelles, sont pour les humbles, pour les petits et pour ceux qui aiment l'obscurité : *Humilibus dat gratiam. Beati pauperes spiritu, quoniam ipsorum est regnum cælorum.* Cette vertu est de tout ; elle accompagne le geste, le regard, le ton de voix, tout : *in omnibus te humilia.* Ensuite il ajouta : Je vous recommande l'amour de la pauvreté et de la simplicité. Dieu vous a fait naître sans bien ; peut-être mourrez-vous de même ; n'en désirez point d'autres que ceux de la grâce et les invisibles. Si Dieu vous en donne d'autres, prenez garde de n'en point abuser : usez-en avec la précaution et l'épargne d'un pauvre ; faites-en part à ceux qui en auront besoin ; tremblez dans la crainte d'y attacher votre cœur, ou au moins de vous en servir au delà des bornes d'une étroite nécessité. Vous éviterez ce malheur si vous êtes simple dans vos habits, modeste dans vos meubles, retenu dans les choses mêmes qui paroissent les plus permises, comme dans l'achat des livres. Défiez-vous beaucoup de la cupidité et pensez que l'attention à être pauvre en tout vous attirera beaucoup de grâces. Soyez vrai en tout : *Deus veritatis* ; que votre sincérité aille jusqu'au scrupule. Vous mériterez d'être fidèle dans les occasions importantes si vous l'avez été dans celles qui le paroissent moins : *sinceri filii Dei.* C'est une grande grâce que l'amour de la vérité ; on l'obtient par les gémissements et la prière. Je prie Notre-Seigneur de vous l'accorder et toutes celles dont vous avez besoin. Soiez circonspect ; vous devez connoître le siècle où nous vivons ; il y faut marcher avec bien de la prudence, veiller beaucoup sur son cœur, sur sa langue, sur ses démarches, afin de n'en point faire de fausses. *Videte quomodo caute ambuletis.*

Lettre à un ami sur la solitude.

J'ay lu votre écrit sur la solitude et je l'ay trouvé bien fait, mais je souhaiterois aussi que l'on y donnast des moïens de s'entretenir avec soy-même, ce qui n'est pas une petite affaire, quelque inclination que l'on ait pour cela. Car enfin pour se plaire chez soy, c'est-à-dire dans la solitude, il faut se bien connoistre soy-même, avoir bien réglé son intérieur et y voir régner le bon ordre. Il faut de plus y trouver de la douceur et de l'onction, car on n'aime pas les conversations sèches. Il faut de la compagnie. En un mot, il y faut trouver Dieu et l'y pouvoir entretenir, qui est une grâce qui n'est pas accordée à tout le monde au moins pour longtemps. Je ne scay même si Dieu y appelle tous ceux qu'il veut être à lui à cet état ; et si plusieurs personnes, qui, aïant bien réglé leurs consciences, s'occupent avec recueillement aux emplois extérieurs, ne luy sont pas agréables. Mais quoi qu'il en soit, il faut toujours faire de temps en temps des retours à cette solitude même extérieure, comme à la source d'où l'on puise les grâces pour le recueillement et pour le bon usage des emplois extérieurs. Un travail occupé de Dieu, élevé à luy par des oraisons jaculatoires qui partent du cœur nourri par l'oraison souvent réitérée avec l'éloignement de la vie du monde, me tiendraient lieu de la plus grandes solitude, et il n'y faudrait avoir recours que de tems en tems pour y reprendre de nouvelles forces.

Conclusion.

Je termine par le chapitre XIV des études monastiques « des collections ou recueils » qui m'a dirigé durant tout le cours de mon travail :

« La mémoire de l'homme ayant une capacité extrêmement bornée, il faut nécessairement que ceux qui veulent faire quelques progrès dans les études remédient à ces défauts par des recueils. Ceux mêmes qui ont une mémoire fort heureuse ne s'en doivent pas dispenser. Elle les quittera un jour et ils se trouveront vuides de tous ces grands amas d'idées dont leur mémoire estoit auparavant remplie. Il y a bien peu de gens qui, à l'âge de près de quatre-vingts ans, puissent rendre grâces à leur mémoire de ne les avoir pas abandonnés dans un âge si avancé.

« Il est donc nécessaire de faire des recueils pour y écrire les choses remarquables qui se présentent dans la lecture, afin de ne les perdre pas tout à fait et de ne les pas abandonner à l'aventure d'une mémoire infidelle ou chancelante. Ce ne sont pas seulement les choses que nous lisons qui nous échapent : on pourroit y remédier en rélisant plusieurs fois les mêmes auteurs, mais ce sont nos propres réflexions qui s'évanouissent et que nous recherchons ensuite fort souvent en vain, après avoir négligé de les marquer.

. . . .

« Mais, afin que les jeunes gens ne

ſassent pas un si grand amas de méchants recueils, il est à propos qu'ils s'accoutument de bonne heure à faire un bon choix des choses. C'est pour cette raison qu'ils ne doivent pas mettre dans leurs recueils tout ce qui d'abord leur paroit beau. Comme ils n'ont pas beaucoup de connaissance, la plupart des choses qu'ils lisent dans de beaux auteurs, les frappe et les charme, surtout les pointes et les jeux d'esprit et tout ce qui a quelque air de cadence. Il faut se défier de ces faux brillants et voir s'il y a autant de solidité que d'apparences dans les pensées de ces auteurs. . . . . .

. . . .

« Ce n'est pas seulement aux jeunes gens que cette revue des recueils est nécessaire. Tout le monde s'en doit faire une loy, afin de ne pas perdre le fruit de ses veilles et prendre quelque heure de temps en temps pour les repasser et y faire des réflexions. Il faut surtout s'accoutumer à retenir non seulement les beaux mots et les belles sentences des auteurs, mais la substance et le fond de leur doctrine, afin de se l'approprier et de la tourner en sa propre substance. »

Je reconnais que mon recueil est défectueux sous plusieurs rapports. Beaucoup de lecteurs désireraient une table, mais Mabillon sera mon avocat en leur répondant : « Comme ils ont d'ordinaire de la mémoire, ils liront de temps en temps leurs recueils pour tâcher de se les inculquer et de suppléer par ce moyen au défaut d'une table dont ils pourront se passer. »

Je ne puis mieux terminer qu'en faisant miennes deux pensées de « Mabillon, l'un des plus savans hommes qui aient paru dans le Monde ».

« Je ne m'étens pas davantage là-dessus et je crains de n'en avoir déjà que trop dit en ne voulant vous donner qu'une simple idée de cet ouvrage. Vous m'obligerez de joindre vos prières aux miennes pour demander à Dieu qu'il luy donne toute la bénédiction nécessaire pour le rendre utile à vous et à moy et à tous ceux qui voudront prendre la peine de le lire. »

« L'auteur serait très content de cette édition si la lecture de ce petit livre pouvait contribuer à reproduire dans le cœur de ceux qui prendront la peine de le lire les mêmes sentiments qui ont animé notre maître Mabillon. »

Poitiers. — Librairie Religieuse H. Oudin.

www.ingramcontent.com/pod-product-compliance
Ingram Content Group UK Ltd.
Pitfield, Milton Keynes, MK11 3LW, UK
UKHW031902260826
14628UKWH00002B/931

9 782019 926762